草木朴素

储劲松 著

黄山书社

图书在版编目（CIP）数据

草木朴素 / 储劲松著. -- 合肥 : 黄山书社,
2021.12
（传统生活之美）
ISBN 978-7-5737-0096-4

Ⅰ. ①草… Ⅱ. ①储… Ⅲ. ①散文集—中国—当代
Ⅳ. ①I267

中国版本图书馆CIP数据核字（2022）第008475号

草木朴素　　储劲松　著

CAOMU PUSU

出 品 人　贾兴权
责任编辑　张月阳
装帧设计　有品堂_刘　俊　张俊香
出版发行　时代出版传媒股份有限公司（http://www.press-mart.com）
　　　　　黄山书社（http://www.hspress.cn）
地址邮编　安徽省合肥市蜀山区翡翠路 1118 号出版传媒广场 7 层　230071
印　　刷　安徽联众印刷有限公司
版　　次　2022 年 3 月第 1 版
印　　次　2022 年 3 月第 1 次印刷
开　　本　880mm × 1230mm　1/32
字　　数　180 千字
印　　张　8.25
书　　号　ISBN 978-7-5737-0096-4
定　　价　48.00 元

服务热线　0551-63533706
销售热线　0551-63533761
官方直营书店（https://hsss.tmall.com）

目录

卷二 菜蔬帖

卷三

木欣欣

自序

蓝草染的浇花布真是清美，当年外婆拿来包头，有青白颜色，也有清白家风。

葫芦、丝瓜、黄瓜、月亮菜、瓠子吊在豆棚瓜架上，静女其娈，洵美且异。

阒无人迹的山谷流泉好看。

农家女子壮硕的身板和黑檀似的肌肤，是妈妈年轻时的模样。

古民居的马头墙、鱼鳞瓦、瓦当、镇脊兽、天井、木雕人物，苔色苍苍的大青砖，逸笔草草的芝兰仙鹤图，墙上挂的草帽、蓑衣、竹篮子，是记忆里的故乡。

竹叶草洵美，板栗树洵美，玉米须洵美，水稻花洵美，在上面奔跑、追逐、求欢或者静伏的瓢虫洵美，甚至黑壳、黄壳、铜绿壳的金龟子也洵美且异。

流霞好看，腾雾好看，卿云好看。飞鸟好看，蚂蚁好看，潜翔水底的鱼虾好看。泥土好看，毛石头好看，松竹连它们在日月天光下的影子都萧然动人。

清晨的毛草和石菖蒲，叶片和叶尖上的凝露映射朝阳，其姿色与风情，可谓泠然，可谓清绝，美好得叫人无可如何。

钱锺书当年鄙视吴宓之为人，骂其无行，顺便牵连到他苦恋的毛彦文，用英文讽刺她是“年老色衰的风骚娘们”。其实这个风骚娘们年轻时是养眼的，即使老了，也有清气，乡语谓之“清丝丝的”。

天空之下，大地之上，一切原生之物，本质、天然、朴素、至美，没有不好看的。不好看的，往往是过度变异的人，迷失了天性本心的人，被欲念和利益禁锢的人。不好看的，是人发明制造出来的诸多反生命反自然的物事，譬如枪炮、塑料、地沟油和海洛因。

在大别山里，一个从前几乎是大荒之境而今依然存有古人遗风的小城，我活了很久。居住在青山之中，浣洗在绿水之畔，日日月月与草木鸟兽、白云苍狗、园蔬篱落为伍，感觉不到日月飞逝老之将至，以为这一具皮囊，可以与草木同春，与鸟兽同秋。

梅雨季初来的一天，一夜风雨大作之后，第二天望见满目夏花，石榴、玉兰、女贞子、一年蓬的花，又望见满树膨大的果实，毛桃、五月桃、红梅和红叶李的果实。这些夏日习见的花果，我见过数十回了。从前见了，觉得好看而已，心里喜悦而已。那一天见了，忽然想到《知北游》，庄子在文章里说：“忽然而已”。天地自然不老，任他白驹过隙、黑驹过隙、枣红驹过隙。山川草木不老，由他冬春夏秋。人生易老，一回相见一回老，一生能见此情几遭，能见此景几回?

那一天，晨光明亮洒了一身，一念至此，眼前忽然就暗淡了一些。

生活仍然继续，貌似轰隆其实寂寂地继续。

在山野里，我以草木鸟兽为师，尽量遵从生物的本能和本性生活，衣但求暖，饭但求饱，住但求安，行但求稳，以为如此就好。安妥肉身之外，以书籍喂养精神，以文章抒发怀抱，以为文章载道，文章也载性。

我是说尽量，因为这种遵从很显然是不可能的。长安米贵，居大不易，活着并不容易，遵从本心活着更是痴心妄想。但写作的人，都是耽于妄想的人，所谓妄想，姑妄想之。也都有程度不同的痴心与痴气，像大观园里的香菱学诗艺。曹雪芹于这一节写得尤其细微：“香菱听了，喜的拿回诗来，又苦思一回作两句诗，又舍不得杜诗，又读两首。如此茶饭无心，坐卧不定。”

写作将近三十年，持续许多岁月而痴心不改，根子里，是有与时间抗衡的执念或者说妄想的。与时间抗衡，这显然更加不可能。岁月如驰，驰驰啊，“日驰驰焉而旬千里”。古今人的传世文章，浩浩洋洋，留在石头、兽骨、龟甲、竹木、绢绸、纸张中，锲刻在时间之上。转念一想，古今那些以文章为性命的人，痴痴复痴痴，有几人活过了百岁，又有几人文章传世？

但愿文章老厚，但愿肉身长葆草木精神，但愿年年写得几篇好文章。

草木温柔敦厚，朴素质直，一如上古的大人君子。《周易》《山海经》《诗经》《楚辞》《汉乐府》《古诗十九首》里，篇什草木华滋。自此而下，古今人的诗词曲赋和文章，一路草木蓊茂。风行草上，风行木上，时间的风吹过草木，吹过人世。草木不言，生来离离繁盛，枯后养息待发，生死荣悴等闲视之。与上古的大人君子相比，草木更符合《周易》之“易”的内涵：简易、变易和不易（不变）。

古人说，要多识草木鸟兽之名，又说，要多识前言往行。

久居山野，人在草木鸟兽间，草木鸟兽之名，我识得的万不及一。某一天我看见一只大鸟走路，像人一样迈开前后脚，左右左，一二一，又看见一只小鸟走路，它是双脚并立蹦跳着走的，一跳又一蹦。这两种鸟在大别山中寻常可见，我不识其名倒也罢了，当时还好奇它们走路的姿势竟然如此不同。后来一拍脑壳，哦，它们的脚有长有短。

至于前言往行，前代圣哲的言语行事，也与草木一样敦厚温柔、质直朴素，像先秦的诗歌一样，更是难以效仿和企及。

草木朴素，世道人心原本素朴。从孩提时起，就与伙伴们一起埋锅造饭：杜仲的叶子锤得像丝绸，拿来当菜；红芋的茎块用石片切一切，拿来当饭；折断蒿子的茎秆，拿来当筷子；松针搂一抱，拿来当柴。五六开裆童子，做饭吃饭装腔作势，吃得快活，耍得快活，像草木鸟兽一样快活。

后来渐渐长大，身条渐舒，喉咙渐粗，心渐大，渐渐不可收拾。渐渐不可收拾的，不仅是容颜，这旧日的好河山，还有心性，这与阴山岩画一样古老的本心。

热爱草木，景慕草木，亲近草木，是本心本性。我们的祖先以草木为衣，以草庐为屋，脚穿芒鞋，手执木杖，都很闲，像草木鸟兽一样闲，像雨点、朝雾、夜星、流水一样闲，闲得夜夜天天思考来处和去处。我们都很忙，忙得忘记来处和去处，忘记自己本质上是一只动物。

愿心常如草木闲，愿文章常有草木气，愿活着常有草木心。

我也有一时苟且，我也有许多草木文章。

辛丑夏之日写于岳西衙前河之湄

卷一

山草抄

《端阳故事图册》

（清）徐扬 绘

蓑衣草

蓑衣草，乡人谓之龙须草。龙吻上的须髯，自然是非凡之草，当与《红楼梦》里的绛珠草一路，同为仙班神物，来到人间，要么是了一段尘缘，要么是赐草民以福祉。

吾乡多山溪林泉、高崖瀑水，水边常常簇生蓑衣草，丛蔚青碧如绿发丝，风貌清旷萧疏，离离可爱。若制为盆景放在书案上，风雅决不输菖蒲，只不知天上仙草，肯屈尊凡间案头否。此草貌似细弱，握于手中但觉清凉绵软，却极坚韧，可搓绳子、制蓑衣，更是造纸尤其是纸币的上佳原料。祖父在日，常于秋日持镰收割回家，在屋檐下风干，编成绳索，用来捆扎烟叶。父母晚岁以种菜为生，也常以蓑衣草捆扎菜蔬，挑到菜市去卖，玲珑莹秀，得城里人欢喜。早些年时，父亲去崖头上采蓑衣草，还挖得一棵野生数十年的石斛。

家中原有两件蓑衣，是祖父的作品。平常挂在弄道的墙上，一团朴野之气。春夏秋雨季，祖父和父亲各披一件，戴上竹斗笠，耕作于田间，雨浓苗秀，水田层叠，山郭依稀，望之如入宋元古画意境。只惜后来数次造屋搬家，旧物荡然无存。现在想看蓑衣竹笠，只能去民俗馆了。

《左传·宣公十五年》载“结草”故事：

秋，七月，秦桓公伐晋，次于辅氏。壬午，晋侯治兵于稷，以略狄土，立黎侯而还。及雒，魏颗败秦师于辅氏。获杜回，秦之力人也。初，魏武子有嬖妾，无子。武子疾，命颗曰：“必嫁是。”疾病，则曰：“必以为殉。”及卒，颗嫁之，曰：“疾病则乱，吾从其治也。”及辅氏之役，颗见老人结草以亢杜回，杜回踬而颠，故获之。夜梦之曰：“余，而所嫁妇人之父也。

尔用先人之治命，余是以报。”

古籍中，报恩典故甚多，尤以左氏“结草”和南朝梁吴均《续齐谐记》中所载“衔环”传诵最广。“衔环”中，黄雀所衔之环为白玉环，这个记得很清晰；“结草”中，魏武子的宠妾之父，助魏武子的儿子魏颗大败秦国名将杜回所结的草是何草，典籍却语焉不详。我细观古籍，又查秦晋二国交战之地晋地辅氏，也即今天的陕西大荔县风物，以为老人所结之草，当为蓑衣草。

夏末，蓑衣草开细碎小花，微黄微白，非黄非白，花貌甚陋，质木低眉。少年时，曾以蓑衣草做草戒指和草手镯，赠予邻家黄毛小丫。

蒲草

蒲草，吾乡岳西向无此物。

第一次在乡间的田野间见到，以为是茭白的变种。其叶形似稻叶而长大，蓼蓼菁菁数十亩，举着圆柱形黄褐色棒子在风中自在招摇。问一个扛着锄头路过的当地农妇，她也不知何物，只说一到秋天，那火腿肠一样的棒子就会四散飞扬，可以填充枕头。我采了两株，带回家让父亲辨识，孰料他这位多识草木鸟兽之名的老庄稼汉，也说不出个所以然来。

后来闲翻植物图册，无意中与它相遇，才知道是久有令名的蒲草，竟然有久违之感。

蒲草存于世间久矣，《诗经·陈风·泽陂》就说："彼泽之陂，有蒲与荷"，"彼泽之陂，有蒲与蕳"，"彼泽之陂，有蒲菡萏"。昨年仲夏之日去淮阳，也就是《陈风》十首诞生之地古陈州，曾与三五同好于夕阳西下时游东湖，望见七千亩浩渺水面上，风荷田田娇花万朵，清芬绵延数十里，湖岸垂杨数万棵，丝绦絮絮拂人脸面。这就是先秦的泽陂了，只有荷与蕳（莲子），未见到蒲草。或者是有的，湖堤太长，我只走了一小段。

蒲草是嘉草，叶子可以编蒲席、造纸，花粉可以入药，药物名为蒲黄，雌花也就是那火腿肠样貌的棒子可以填床枕，谓之蒲绒。蒲草白嫩的地上假茎和地下匍匐茎的尖端部分，又是一道好菜，素称蒲根。当年孔子厄于陈蔡，与众弟子被困于陈国南坛湖的小岛上，衣不得衣，食不得食，就是靠采蒲根充饥，度过了难熬的七天。淮阳人因此又把蒲根称作圣人菜。那七日，《史记》《论语》《孔子家语》《韩诗外传》诸种典籍均有记载，内容也差不多，无非众弟子一肚子牢骚腹诽，子路更是怒问其师“君子亦有穷乎？”夫子却衣褐食蒲，讲诵弦歌，怡然自在。圣人被褐怀玉心系天下，于在陈绝粮一事即可见其超凡入圣处。只惜那次淮阳之行太匆匆，未去南坛湖，也就无缘亲见弦歌台了。

蒲草的大名是水烛，点在水中的蜡烛，名字虽不如蒲草风雅，却传神。在沼泽水国间秉烛而生，持光而行，蒲草似也可以谓之光明草。

菖蒲

莳花弄草的朋友前年馈我一株石菖蒲，清供于案头，日日如对青花瓷器，如读六朝文章，令人神气清朗襟抱萧散。也不怎么管它，只是偶尔添加些清水，适时剪去老叶，任它餐风吸露分蘖滋茂，如今已然蓬蓬勃勃。仿《诗经》之笔意，所谓“有菀者菖”。初春时，还开了一朵绿色小花，肉穗花序萌萌然。细看，盆边上甚至吸附着几只极小的螺蛳，也不知其种从何而来。我是个懒人，屋里的绿萝、火鹤、龟背竹、富贵竹之类的俗物，养久了，多情状恹恹，我也厌之。唯有这盆石菖蒲，不假日月之光，不资寸土星泥，长得神完气足，很是给我脸面。有客来访，多誉美之，以为风貌萧疏，得天然意趣。

明末清初人曹溶，浙西词派先驱，风雅士也。他说，盆中之景以得天趣为上，人工与自然参半者次之。诚为至论。其《倦圃莳植记》论盆树，以石菖蒲为第一，“漱石枕流，不食烟火，殆非尘寰闲物耶”。曹氏说石菖蒲非人间闲物，大约是说其来自天界，自带仙气。但菖蒲实在是人间闲草，姿态闲，意思闲，幽独贞静有泉林逸士风，与草中王者兰草相颉颃。其叶子有一番与兰草迥然不同的奇香，读书写文章困倦时，我常采一片黄叶，揉碎，放到鼻子底下嗅闻，顿感心神安定，元气饱满。

曾访问侍弄菖蒲的专门家，庭中室内摆放数百盆，有幽细如线者，有高大如剑者，或植于腐殖土中，或秀于水波之上，傍倚各色拙朴野石，苍苔掩映，叫人神飞骨澈。其中一盆，一丛石菖蒲掩藏于瘦、漏、透山石中，山顶有水披离而下，旁边一老叟手持竹竿作垂钓状，名为“烟波钓徒”，创意奇绝。自三代之世以来，菖蒲即为案头佳山水，历代文雅之士，莫不供奉以为书斋良伴。坊间传言：尧时天降精于庭为韭，感百阴之气为菖蒲，所以先民称之为尧韭，尊为神草。而方技术士，则持菖蒲作法驱魔，呼之为水剑。这大概也是后世端午插菖蒲于门楣以避邪的来源。

吾乡岳西多菖蒲，家中门前的河里就有，为水菖蒲，根系极粗壮，叶子宽大。稚童时随大奶奶和村里的妇人去河里浣衣，她们棒槌、水珠与笑语齐飞，我赤脚下河，菖蒲的根下面，总是潜藏着鱼虾、泥鳅、水虫甚至花纹瑰丽的水蛇。往往竭泽而渔，把菖蒲连根拔起，扔到石头上，现在想来，真是暴殄天物。

岳西又有一个盛产菖蒲的镇子，名字就叫菖蒲镇，镇中有一条河，也以菖蒲为名。造化钟情于斯，沿河数十里，自然生长菖蒲千万丛，品类也多。菖蒲河直通长江，古时是有名的水运航道，后来水运休止旅游业兴起，成了漂流之河。年少时曾多次去菖蒲河坐竹筏玩漂流，怎奈蠢然一俗物，只顾嬉水游乐，竟然从不曾注意过水边的菖蒲。是视而无睹，不是不认识。送我石菖蒲的朋友说，我的这盆，就来自那里。他又说，这些年菖蒲时兴起来，滥采者众，河中菖蒲骤减，深可痛惜，他早已不采了，在自己家中培植。

最喜解缙咏菖蒲的诗：“三尺青青古太阿，舞风斩碎一川波。”文雅如菖蒲，骨子里有英武侠气，如文人中的辛弃疾。

半夏

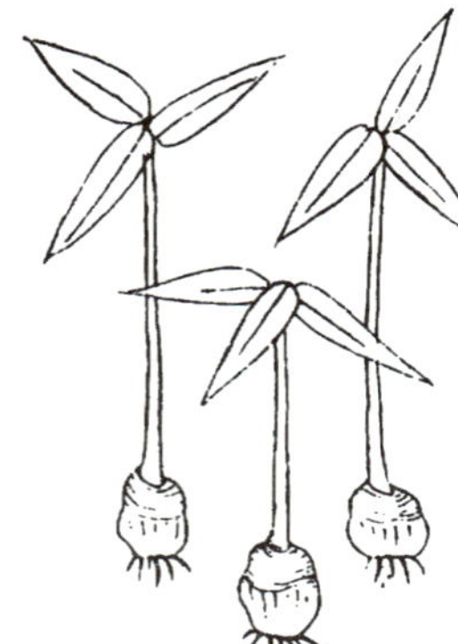

半夏，夏之半，半夏时节半夏生。

皖西南的仲夏，麦子收割之后，半夏遍生麦茬之间。其叶沃若，情态婉媚，浆果莹洁、圆润、乳白，乡间爱臭美的女孩子以线穿起做手链，走门串户炫耀。

夏至左右，我总要挖一些半夏回来，种到药圃里。所谓药圃，不过是我自己开的一块地，里面种着桔梗、苍术、白术、紫花地丁、半夏、黄芪、黄精、车前子之类的草药。我的少年时代，日子贫寒而内心富有，尤其有足够的自由。在村小跟半通不通的民办教师胡乱念书之余，可以巡山打鸟下河捉蟹。我在屋前辟了一大块花园，种些凤仙、合欢、鸡冠花、洗澡花，又在屋侧的一面山坡上，弄一小块地种药。种花纯为观赏，种药则打算有所收获，好换些零钱去新华书店买连环画。稚童心性，行事多有始无终，那些草药最终都被荒草覆盖，晒干的半夏果实也霉烂于箱底，到底未能换得一文钱。

与半夏有关的最深的记忆，是邻屋一个才四岁的小黄毛丫头，趁我不注意，跑到我的药圃里偷偷用手挖了几棵半夏当野果吃，以致口吐白沫全身抽搐，差点送掉小命，幸亏村里的赤脚医生及时给她喂了生姜汁。生半夏的皮下有黏液，误食之，口舌麻木，严重时可引起水肿和窒息。后来她长大了，写文章即以半夏为笔名。

半夏名字清嘉，闻之如坐槐树林中，风从山谷中来。其名源自《神农本草经》，列于草药之下品。其“半夏”条云：一名地文，一名水玉。生川谷。又引《列仙传》：赤松子服水玉以教神农，疑即半夏别名。

生半夏有神经毒性，其花序柄也如蝎子的螯，因而乡间又有人呼之为蝎子草。

半夏花开，穗状花序似绿珍珠密致排列，似多胞胎婴儿安然熟睡，佛焰苞如观世音大士的大爱无疆之手，如草摇床，半包裹遮护之，雅洁清新，甚美好。据说其花语为：爱与恨。观此，想起蒲松龄写荷妖荷花三娘子产子："自乃以刀剖脐下，取子出。"

毛草

毛草，也就是茅草、白茅，人间几乎处处有之，极卑微又极尊贵的野草。卑微自不待言，尊贵也其来有自。上古之世，帝王分封诸侯以卫王畿，赐以介圭驷马之外，还用毛草裹着泥土颁赐受命者，所谓“茅土”，象征着土地与权力。祭祀山川鬼神时，又在笾豆鼎彝这些礼器的下面，垫上毛草以示庄谨恭敬，所谓“藉用白茅，无咎”。毛草还代表纯洁热烈的爱情，先民用它来包裹礼品赠给意中人，《诗经》云“白茅束兮”“白茅包之”。

吾乡岳西多高山丘陵，松林与毛草密密覆盖山体。春初草萌，遥看一片软绿，近看仍是荒原。此草初生即准备孕育花朵，半月左右，茅针也就是尚在襁褓中的花穗，已长有三五寸，细圆锥形如刺猬的毛，可采撷剥开而食，软糯清香萦绕唇齿间，是幼年时的最爱。如今三十余年未吃过，念及那纯正的草香，仍口舌流涎。于是慨叹今日居住在城中的孩子们何其不幸，竟不识野草，更不知毛草滋味。

茅针一名谷荻，乡人谓之春苗。春苗，春之苗，名字有草木甘露气，谷荻则有书卷气，估计来自古籍。乡间又有童谣说：“吃春苗，屙趔屎。今朝吃，明朝死。”语殊不雅，大意是说，吃春苗肚子里长蛔虫，会死。自然是无稽之谈，但孩童听了也生畏惧心，尤其是清晨的春苗上，常常附着有白色痰状可疑物，问大人，他们往往说是蛇夜间吐的唾沫。到底是不是蛇的唾沫，我到现在也没有弄清楚。

说起来别人不信，我四岁半开始上山放牛，不过是跟着小叔一起，他牵一头我牵一头。牛一般很温顺，但被虫子咬烦了，偶尔也会发疯，或者挣脱缰绳满山狂奔，或者用牛角顶人。这个且不多说，只说牛最喜欢吃的草，就是毛草，因其柔软，因其馨香。山中野草无数种，论起柔软馨香，毛草当属第一。放牛时累了，在草丛中仰面躺倒，毛草的气息直往鼻孔里面钻，好闻得想在草地上打几个滚。后来读《香谱》以及世界香水史，奇怪古今之人为何不提炼毛草的汁液作燃香和香水。世人只称道龙脑香、香奈儿，却不知毛草之香不可方物，堪为群香之冠。

毛草在夏天疯长，草叶如锯齿，能轻易割破人的肌肤。山野间长大的孩子，谁的手指没有被毛草割出过血来呢。对毛草却没有恨心，常采草叶来揉捻嗅闻，或者编一只小巧的提篮。真正可厌的是毛草的长兄芭茅，既高且大，又霸道，叶片极锋利，常蓬蓬勃勃生于道中，挡人去路，稍不注意，颈项或手臂就会被割出深深的血口子。

仲夏毛草开花，风来草偃，花也随之摇摆，柔曼如杨丽萍的孔雀舞。乡人形容毛草花，“毛哟哟的”。哟哟，语不见经传，似是乡野俚语。但岳西居吴楚之间，村夫野老之谈，常有传承自远代的古语。譬如哟哟，意犹“绒绒、茸茸”，语言质直而生动。

花谢之后，毛草由绿转青，由青转紫红，由紫红转灰白，季节也到了寒冬。毛草之白，是之谓草白。起初是“离离原上草”，转瞬间，“北风卷地白草折”。在乡间，我看到有些毛草白了之后，第二年春还会从草叶根部向草尖返青。

毛草的根，也就是中药里的丝毛草根、白茅根、茅草根、茅根，如细竹鞭，又如细藕，色白如羊脂玉，不仅是一味良药，也可嚼食，极清甜。有一年家里盖披屋，打土方时挖出几根长在麻砂里的茅根，被结实的砂子挤成扁平状，宽有一指，饱满多汁，其泥土的本色清香与甘泽，世间似再无他物可以比拟。

鱼鳖草

鱼鳖草抱石或抱树而生，其根状细茎贴着石树横走，草叶附着其上，或站立或伏贴，如莲叶初出湖水，因而又名抱石莲、抱树莲。其叶又如古钱币，如瓜子，如镜面，如石斛，如龙鳞，如鱼，如鳖，拈于指间有肉感，乡语所谓“肉奈奈的”。其类属蕨，其貌颇苍古，我感觉它和初见于《诗经》的莪、蘩、薇、苕、蘋、苓、葑一样，是很古老的草，但古籍中似未见记载。

皖西南乡野间，鱼鳖草如隐逸之士，藏身于林下，与苍苔、蕨、马齿苋和蚂蚁、蚱蜢为伍。少年时上山砍柴下地锄草，常常与它相遇，却不识其名，以石藤呼之。山林中草树禽兽万万数，我多不识其名，这种遗憾恐怕要一直持续到我托体同山阿之时了。乡间唯一有些学问的，是发小国辉的父亲，我喊作表爷的程叔。他是村里的赤脚医生，经常背着药篓上山采草药，家中藏书甚宏富，药典之外，也多文学典籍。草药之类，尤其是有抑菌消炎和抗眼镜蛇毒作用的鱼鳖草，他自然是谙熟的。但他忙于悬壶济世，我也忙于看牛割草，又隔着辈分，他的学问也就只是他的。

第一次正经认识鱼鳖草，是因为刘斌。

那一年，刘斌还叫连翘，在司空山下的店前古镇守着一个旧门面收药材，留一头很女子气的秀发，写长长短短前卫先锋的现代诗，以连翘自喻兼作发表诗歌时的笔名。收药材和写诗，一个正业一个副业，他颠倒过来，以诗人自命，收药材次之，就像他颠倒白天和黑夜，夜里小眼睛光碌碌如贼，白天精神恹恹似老猫。显见的例子是，那年“非典”流行，草药特别行销，别的药材站赚得盆满钵满，他反折掉好几万。

那天我去店前采访一个司空山的建设者，晚上到他的药材站借宿。正好他收了一堆鱼鳖草，于是采其鲜叶，加上冰糖，用大搪瓷缸子炖水喝，其味清芬甘甜，至今不忘。那一夜，我们坐在二楼他宿舍的一张破桌子前，谈诗歌谈散文谈小说谈远远近近的文坛人士，直到月亮徐徐西沉，快要哐啷一声掉落到镇上的长河里。

而今，诗人连翘已死，长发截作板寸，自媒体总裁刘斌在江城芜湖风生水起。偶尔相逢，提起鱼鳖草、诗歌和当年的文学之梦，他会不自觉地低下头，羞耻如叛徒。

假如有人问我文学是什么滋味，我会不假思索地回答：就是冰糖炖鱼鳖草的味道。

墨记草

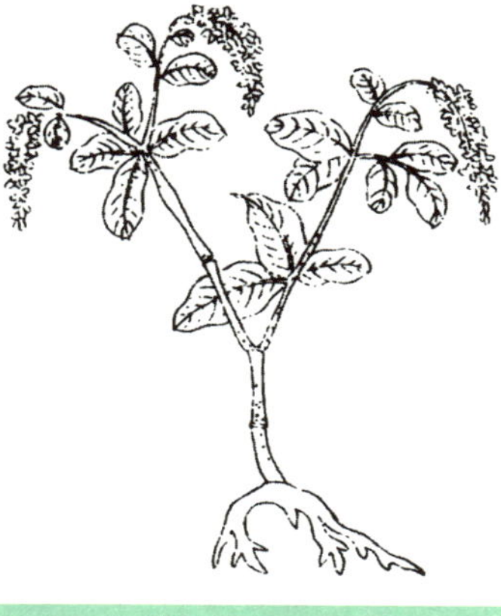

墨记草，每片草叶上都有斑点如墨迹，如胎记，名字很文秀，有翰墨气。如果倒过来念，草记墨，仿佛名墨，令人想起制墨名家李廷圭和曹素功。它的本名马蓼，则一如其骨节，壮硕有武夫气，甚至焦大气。马者，大也，马勺、马蜂、马屁泡，古人为物赋名，凡物大者，以马名之。

幼稚时，故园多马蓼，遍布房前屋后溪头田间，团簇蓬勃一如赳赳武士。尤喜肥湿，家门前有露天猪圈，可养猪七八头，甚大，数百株马蓼在猪窝里钻壁穴缝，粗壮如锅铲柄，高齐猪舍的屋檐。其幼嫩时，状貌尚清新，稍可寓目，一旦疯长成林，混杂潦草，则一无可观。特别是开枝散叶成荫结籽后，其茎通红发紫，其花琐碎杂乱，烈日下久看，必令人焦躁。又无多大实用，茎和叶连猪和牛也不肯吃，籽连鸡也不肯光顾，只能用来沤肥，因而我从小就鄙弃之。

当时识字不多，方言的音调又常混用，所以以为是马料。马料马料，必是马的草料，吾乡无马，长如此之多的马料何用？马吃不吃马蓼？我至今不知，估计也是不吃的。天生万物必有其用，马蓼当然有用，比如作中药，用来消食、发汗除湿、杀体内寄生虫。《神农本草经》谓马蓼“去肠中蛭虫，轻身。生川泽”。又说蓼实，也就是马蓼结的籽“味辛温。主明目温中，耐风寒，下水气，面目浮肿，痈疡”。只是当时不懂，嫌其碍事，常操锄头毁其根本，辟园种花草。

物种其实是随时在兴灭的，在故园木瓜冲，我好些年没有见过马蓼。倒是县城护城河的沙渚上，丛生许多，极顽强，往往被河水没顶数日，水退后不到两天又繁盛如初。蓼有二音，一读为 liǎo，一读作 lù，马蓼的蓼读前音，似是蓼科植物的专用音。后一个读音的蓼，意为植物长而大貌，初见于《诗经》，其中句云“蓼彼萧斯”“蓼蓼者莪”。马蓼既长且大，读“马路”似也无不妥。

不过还是不如叫墨记草，凡物以马命名，其名多粗俗。话说回来，墨记草之名风雅可人，安在马蓼头上，有沐猴而冠之嫌。

薄荷

门前一排刺槐，紧靠槐树有一面长长的土坡，是祖父当初迁居木瓜冲时，做房子打的土方所积。父亲在坡上植满了茅莓，茅莓中套种薄荷，既可防止水土流失，也可算作经济作物。茅莓也就是树莓，浙江人称之覆盆子，鲁迅先生在《从百草园到三味书屋》里写过，吾乡有二种，依其形色，乡人分别呼之“大麦莓”和“小麦莓”，均甜酸可口。薄荷是药，也可以炖鸡蛋。

初夏的晌午，我下掉弄道吱吱呀呀的木门，放到槐树下面，躺在上面看天上的云，然后做梦。鼻头上和额头上，用口水沾着几只刺槐的钩刺。风吹来，槐花清香而甜，蜜蜂嗡嗡环绕，薄荷的气味偶尔穿过鼻孔，虫子在茅莓丛间嘶鸣。梦到过辣椒糖、冰棍、苹果、《乌江自刎》连环画以及山外从未到过的远方。到了盛夏，母亲每天总要给我几粒人丹，银白色的包衣小水丸子，含在嘴里，凉丝丝可解暑气，也可健胃，其成分里有薄荷脑、甘草、肉桂、冰片、木香之类。那已经是三十几年前的事了。

幼时不喜欢薄荷，或者说不喜欢薄荷的气味，远远闻闻也罢了，近了，觉得太冲，薄荷鸡蛋的青气尤其受不了。据说，一些虫子和老鼠极害怕薄荷的气味。人在稚子之时，不单心性纯洁，口味也是轻淡的，一旦脸老皮厚，心也粗嘴也糙胃口也重。譬如那蚕豆、黄瓜、苦瓜、豆腐乳、豆酱、香椿、大蒜头、腌菜坛子里的什物，当初一概敬而远之如避瘟疫的，现在也能大快朵颐了。去年六月间，在河南桐柏山下吃过几餐饭，桌上总有薄荷，多是凉拌，叶子上裹着一层白生生的面粉，也有薄荷豆腐、薄荷粥、薄荷鲫鱼汤、薄荷鸡丝，鲜美清凉，不可言道。想起《周易》里的一句话：“观我朵颐，凶。”不禁哑然失笑。

西人言，薄荷是精灵所化。

薄荷以荷为名，想来是因为其初生时，亭亭一如荷盖。

今日暑气熏蒸，颇思薄荷茶，亦思薄荷酒。

马齿苋

马齿苋叶片肥美多汁，碧意凝然欲滴，出身微贱而样貌娇贵，如同穿绿裙子的唐代宫廷仕女。其叶形如马齿，吾乡谓之“蚂蚱汉”。“汉”是汉菜，也就是苋菜，“蚂蚱”则不知其来何自，或许因其也似绿蚂蚱，或者是谐音，还有可能是马齿与蚂蚱的以讹传讹。

从江南到中原再到漠北，有土处就有马齿苋。此草耐旱又耐涝，尤喜肥沃土壤，且狂野，见露发棵，见雨滋茂，见风疯长。吾乡随处可见，山溪、菜园、田垄边沿以及密林深处腐殖质厚厚覆盖处，长得尤其肥厚。岳西方言，谓植物长得丰茂为“盈”。乡间的马齿苋，长得就特别盈。

总角时，与邻家小儿女玩搭锅造饭游戏，常用石头碾杜仲叶以为饭，手撕马齿苋以为菜，三五孩童各捧一块残瓦当碗，持两只蒿秆当筷子，围着几块石头胡乱垒砌的所谓锅台，搛菜扒饭，做欢乐进食状，类似过屠门而大嚼。马齿苋的叶子嫩得出水，指甲一碰即滴珠泪，手捻之滑腻牵丝，姿貌楚楚可怜，只是当初看见曼妙少女尚且无所动心，何况一草耳。

其时乡下人家都养猪，田地里的粮食不够人吃，猪主要以野草续命。《打猪草》，黄梅戏经典小戏之一，童年时呼朋唤侣，拎着竹篮子打猪草时常哼此调。农活有苦的有乐的，苦的如收麦获稻、踩田草，乐的如挖荠菜、打猪草。草也有优劣，劣的如蒿子、刺蓟，味苦，气味也不佳，只要草头；优的如马齿苋、竹叶草，除了泥根整株都清新鲜美。草打回家，扔一些到猪圈里，看黑猪白猪花猪老母猪小仔猪哄然争食，嘴中呱嗒哼哼，是一乐。余下的剁碎煮烂，沤于陶缸，与糠皮麦麸潲水调和了，作猪的一日三餐。清汤寡水，莫过于此，猪食草而瘦，不长肉，皮松肉垮，吸附在马齿苋上以其汁液为滋养的蜗牛，却长得肥白如贵公子。

“野有蔓草，零露漙兮，有美一人，清扬婉兮。”先秦的典籍中多见野草之名，《诗经》喜以草起兴，《楚辞》惯好香草美人，最常见的是蒿草，其次如荼、蓼、匏、竹、萑、卷耳、芣苢之类，种属繁多，但不见马齿苋。或许先秦之世，马齿苋还未降生？后世，则为饲料，为菜，为药，作药则人兽两宜。

有乡村成长的经历，因而马齿苋是猪草这一意识牢不可破。及至今日，马齿苋在吾乡登堂入室成为美肴，酸爽滑嫩，颇可口，初见时仍不免举箸惶恐：此可食乎？此堪食乎？

食马齿苋而马齿增，如之何？

地藕

昨夜与诸友小集，席间有腌制地藕，置于青花小瓷盘中，色纯白，形似冬虫夏草，食之清香满齿，脆似玉碎，无人间烟火气，满桌佳肴如六宫三千粉黛遇杨家女，为之黯然失色。

地藕，地中之藕，形色香味均胜池中之藕。过去，吾乡岳西是地藕盛产地，多生长于麦地中，麦收之后开始繁茂，几场雷雨一浇，到了仲夏即可收获。幼稚时，逢放暑假，常与三五邻家少年约了，扛着锄头拎着篾篮去麦地里挖地藕，一下午每人可得二十来斤，洗净，送到城里的药材公司或者食品公司去卖。价极贱，一分五至两分钱一斤，手心里攥着一两毛钱，个个欢喜如小雀，换铅笔、橡皮、泡泡糖以及小人书。如今乡间旱地多种了茶桑，地藕成了珍物，已经不易得了。偶尔在县城的酒肆中遇见，或腌渍或糖浸，或酱腌或醋泡，或素炒或羹汤，各有其妙处，见之亲切如与旧雨相逢。

近日读旧书，见药典说地藕是名贵中药材，美食家谓之蔬菜珍品，颇惊诧。虽知地藕是药，是菜，其味清美，却又何至于珍贵如斯？年少时，乡人是不吃地藕的，从不拿地藕当一味菜。我也曾缠着母亲清炒过一回，一股子土腥味加白水味，实在难以下咽，最后喂了猪，父亲还责备白白浪费了油盐。其时乡人尚忧于温饱，自然不擅烹饪之道，不似今日，食也求精脍也求细了。

书中又说，地藕初生，其茎叶可做鲜汤。没吃过，想来其汤当如一池绿波，浮萍荡漾，有山家仙气。宋人陈达叟《本心斋蔬食谱》说："凡畦蔬，根、叶、花、实皆可羹也。"是不易之论，也是知味者言。他又说："先圣齐如，菜羹瓜祭。移以奉宾，乃敬之至。"先圣，先世的圣人，当是指孔子；齐如，庄敬恭谨貌。中国古人既风雅又尊礼尚道，洗手做羹汤，虽是庖厨细事，却以为其事非同小可，关乎礼，甚至关乎治国。

古今文章焕烂如星斗，却似乎从未见有人写地藕，也是怪事。二十岁时，我写过一篇《地藕·大爹·弯弯月》，写的是夏日清晨，跟在犁地的大爹（祖父的哥哥）后面捡地藕。岁月如驰，内容已然忘却。

地藕，也即草石蚕、宝塔菜。

扛板归

扛板归，吾乡谓之盐豆干。幼稚时常摘其三角形叶子，三五片整整齐齐叠在一起当零食，样貌确实如豆腐干。其味六分酸，三分咸，余味又有一分清香甘甜。它的球形果实，起初碧绿，后来老熟呈蓝色，兼有红与白，形状接近蓝莓，也可食，微酸，只是除了深黑色的核，就只剩一层瘦皮，并无多少汁水。

在缺衣少食的童年，我几乎尝过山野里所有植物的果实，最好吃的莫过于黑甜的山葡萄，最难吃的莫过于极苦涩的丝瓜种子，扛板归的果实介于二者之间，鸡肋而已。

扛板归多生于荆棘丛中，或农家篱笆边，牵藤扯蔓，貌似柔弱而实质倔强。密布于茎上的倒钩刺初生时绵软可欺，后来日渐坚硬锋利，近乎刺槐和金樱子的刺，如果绑上一根线，可以用来钓鱼，令人生敬畏心，砍柴割草稍不留意，手臂就会被它挂出一串血窟窿。在乡人眼里，这是一种既无用又十分可厌的草，见到了，必操起锄头除之而后快。

天生万物，必有其用，一如孟尝君的三千门客，有用与无用，只在识与不识。扛板归是药草，解毒清热，化瘀补血，据说对肿瘤有抑制作用，用于治疗蛇毒最为明显。明代名医龚廷贤《万病回春》卷之八《虫兽》条云治蛇咬伤：

> 又宜扛板归，不拘多少。其药四五月生，至九月，见霜即无叶，尖青如犁头尖样。藤有小刺，有子圆黑如睛，味酸。用藤叶捣汁，酒调，随量服之，用渣搭伤处立愈。

古之名医，无一不是博学洽闻的学问家，文学素养也深厚，是医家，也是卓越的文章家。孙思邈、李时珍、皇甫谧、赵学敏诸家医学著作，不单是医学名典，文字也简古尔雅，可当散文读。即如“有子圆黑如睛”一句，足见描摹功夫。

扛板归，扛板而归。什么板？棺材板。叶子奇，名字更奇。凡物有蹊跷之名，多有奇异身世。扛板归的故事，与古之悬壶济世者，以此草救活被毒蛇咬伤将死的山民有关。

扛板归，别名甚多，其一曰“蛇不过”。

商陆

商陆生川谷及庭院中，碧叶红茎，蓬蓬如雨伞，颇姿媚，乡人呼之胭脂草。

少时顽劣，喜耿枪舞棍，削木竹以为剑，仿武林豪侠郭靖杨过东邪西毒，在竹林中习武。常领一众发小与邻村孩童械斗，头破手折的事经常发生，回家跪板栗壳，被父亲操着薅草棍撵着打。村人视我为洪水猛兽，告诫其子女“莫跟劲松戏！”有一段成孤家寡人，剑无处可使，于是斩草杀树，无数商陆、马蓼、蒿子、矮松、刺杉尸积血流。商陆的浆果汁液殷红，溅到衣服上，自以为御驾亲征，有血染的风采。由此我相信，茹毛饮血与食和色，均本初之性也。

村子里的女孩子自小就爱臭美，以凤仙花花瓣和商陆浆果为胭脂，染手指甲脚指甲，染脸腮如猴子屁股，扭腰摆臀招摇过巷，自视如馆娃宫中的西施郑旦。我用玻璃罐子装上商陆浆果，捣作红墨水，用鸡毛蘸着写字。虽然猪嫌狗厌，我的学业在村里却是数一数二的。后来读古书，见西周人赞其先祖周文王“允文允武”，以为少年时代与之相去不远。

商陆命硬，哪怕茎叶被扫荡全无，一场透雨之后，又从根部抽出簇簇新芽，不到十天又滋茂如初，花如柳絮，有仙气，浆果先青后紫，扁圆如算盘珠子。其根如胡萝卜，肥大如肉有喜感，晒干可入药，颜色有红、白两种，白色无毒，红色剧毒。《名医别录》曰：“商陆生咸阳山谷。如人形者有神。”《唐本草》言：“此有赤白二种，白者入药用，赤者见鬼神，甚有毒。”见鬼神，也就是呜呼哀哉。

商陆之名颇有些古奥奇怪，古籍中有“蓫薚”，音同“逐汤”，就是商陆。有人说，《诗经·小雅·我行其野》篇所写

“我行其野，言采其蓫”中的“蓫”是商陆，恐怕未必。诗中的蓫是羊蹄菜，也即牛耳大黄，与商陆风马牛。李时珍解释说：“此物能逐荡水气，故曰蓫薚。”估计这位名医也阐述不清商陆名字的来源，“逐荡水气”云云，释“蓫薚”为“逐荡”，纯是以己意解之，属别裁。

商陆花开胜雪，颇耐看，据说古之仙人，采多年生老商陆的花作脯，作为下酒之物。

稗草

稗草是小麦的祖先，小麦是嘉禾，稗草仍然是卑草。就如同人是古猿所化，人做了世界的主宰，动物园里的猴子却伸着毛乎乎的手掌向人哀哀乞食。进化就是选择和淘汰，同宗同源之物千百年后分野如此，自然法则实在是残酷的。但我敬重那些拒绝进化顽固地保持着原初之性的事物，比如蜥蜴，比如稗草。它们让人想到屈子辞赋中的君子。

稗，草之似谷者，禾类而别于禾。在乡间，它们生长于水田、沟渠、沼泽间，零散不群，每一株的存在都可称为奇迹，因为乡人发现了，必定毫不留情地连根拔起，曝其尸于骄阳之下。稗草又极顽强，屡生屡拔，屡拔屡生，繁殖力惊人，鸡鸭鹅吃了它们的种子也无法消化，随其粪便排出，在阴湿之地，翌年春风吹又生。

祖父故去十有三年，墓前的树木高过人头。我闭上眼睛，就会看见他在田间薅草的样子。在盛夏的田间，他穿着一身粗陋的老布衣，戴着草帽扎着绑腿，左手拄着竹棍，右手靠在背后，一只脚稳稳站在泥里，另一只脚在稻禾之间划来划去，把稻叶上的虫子、稻棵下的杂草踩进田泥。一旦发现稗子，靠在背上的右手就会迅速将其扯起，顺势扔到田埂上，准而狠。那些杂草尤其是稗子，与水稻争抢阳光雨露以及养分，若不及时清除，等它们成荫结籽，第二年就会泛滥成灾。稗草被定性为杂草，且冠以恶性二字，稗草若有知，当恨不生而为稻。

生长于草木气息萦回的乡野，自童年到少年时代，我却憎恨大山、田野、水牛、镰刀、黄汗淌黑汗流无休无止的劳作，以为自己就像一棵稗草，被流放在卑陋之地，时刻梦想着逃离农村，由一棵在夹缝中艰难生存的稗草，嬗变为一株颖秀的嘉禾。今天，故园的田野已被水泥厚厚覆盖，稗草与嘉禾一齐消失，车笛替代了蛙鼓，尾气与尘烟驱逐了草木的清香，除了零散的菜园，农事的痕迹几乎涂抹殆尽。清明祭祖的时候，其实我很想问一问祖父，对此有何感想。

稗草并非一无是处，它是猪马牛羊的好饲料，其根其苗可入药，有治创止血之效。好比稗官野史野老之谈小说家言，虽然不如清庙诗篇恢宏庄穆，圣人采择之，却有裨于王化。

野麦

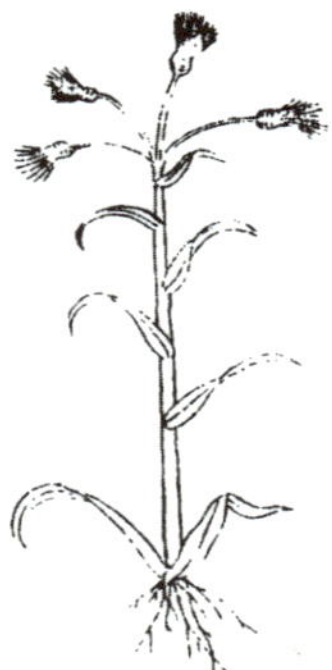

燕麦片好喝，有山野、青草和阳光雨露气，香醇熨帖可以慰风尘。喝了许多年燕麦片，有一天竟然发现燕麦就是野麦，就是当初耕作于乡野时，在小麦地里一次次拔起扔掉，除恶务尽的厌物，不免自惭孤陋。

冠以野字之名的事物，比如野兽、野鸡、野花野草、野种、野曲儿，多含有轻贱、不正经的意味。乡人骂人“野里野叫的”，意即缺少教养。又骂人“吃家饭拉野屎”，意为吃里爬外。野生之物，都“野里野叫的”，不曾受人改良驯化，保持着其朴野质直的原初本性。

譬如吾乡的野麦，与小麦同生于山陬，而长势狂野恣肆过之，秀异于麦林如凤凰傲视群鸡。其扬花结籽时，已高出小麦半米有余，穗子圆尖碧绿可爱，样貌雅丽轻扬，刘禹锡所谓“动摇春风”。

动摇春风四字很妙，足以写野麦姿容。但刘梦得非为野麦唱赞歌，只为因物赋意，讽托幽远，写其胸中落魄淹蹇之郁气耳。《新唐书》有《刘禹锡传》，言：“贞元末，王叔文得幸太子，禹锡以名重一时，与之交，叔文每称有宰相器。”只惜荣贵不几时，在宪宗朝连遭贬谪，终生无聊困顿。后来他由和州刺史任上召回长安，作《再游玄都观》，诗前小序是这样写的：

余贞元二十一年为屯田员外郎，时此观未有花。是岁出牧连州，寻贬朗州司马。居十年，召至京师。人人皆言，有道士手植仙桃满观，如红霞，遂有前篇，以志一时之事。旋又出牧。今十有四年，复为主客郎中，重游玄都观，荡然无复一树，惟兔葵、燕麦动摇于春风耳。因再题二十八字，以俟后游。时大和二年三月。

兔葵即汉乐府里的旅葵，也就是冬苋菜。旅葵野麦易长，诗歌文章难做，诗歌文章好做，当官从政实难。此前，刘禹锡因作《游玄都观咏看花君子诗》涉嫌讽刺权贵被贬。刘氏复秉性不改，兔葵与燕麦，仍有比喻朝中小人之嫌。

乡人素不喜野麦，以其空乏，貌似饱满的穗子里，麦粒既小又少，且与小麦争肥，野麦茂盛处，小麦必黄皮瘦脸，蔫蔫若将枯。因而我几乎不曾在麦地里见过成熟的野麦，倒是常以野麦的茎叶、金樱子的白花、菟丝子的青藤作花环戴于头上，扮演解放军，与群小儿作野战之戏。野麦的穗子垂于发际，如古代帝王冠冕上的旒，跑动时飘飘扬扬，相互撞击作索索声，少时自以为英武。

茑萝

茑萝如绿烟，空翠湿人衣衫，又似小儿女撒娇卖痴，袅袅缠人腿脚。三十岁时心心念念想养个女儿，待我疲惫归家，她像糯米饭一样糍上来，像水蛇一样缠上来，像蚂蟥一样吸上来，发嗲，作怪，洗我一身风尘。后来得了个小子，竟也百般欢喜。

藤蔓类的植物天赋异禀，知进退屈伸之理，谙曲径通幽之道，这点比世间一些一味强蛮的衣冠蠢物要聪明许多。尤其让人惊奇甚至骇异的是，它们总是能够准确寻觅到附着之物，然后顺势攀缘而上，牵藤扯蔓，挂丝织网，狂野生长无穷极。实在无路可走时，它们会在短暂迷茫之后，果断地选择拐弯或者返回。似乎有思想的能力，又仿佛开了天眼，或者有神明在暗中指引。幼稚时，门前篱落上开满喇叭花，曾恶作剧，将其枝条全部扯下来扔在地上，过几日再看，它们竟然又神采奕奕地欢笑在篱笆上。

老家厨房南窗下的那几株茑萝，爬阶走壁，郁郁蓬蓬布满整面白墙壁，五角星形的殷红花朵也随之开遍。炎夏之日坐窗下吃饭或者喝茶，茑萝婉婉招徕山风，闲窗映碧，自以为有林泉幽致。

茑萝是父亲多年前手植，每岁幼苗刚刚抽藤时，他就砍几棵新水竹插在旁边，小心翼翼地把嫩藤牵到竹子上，精心呵护，一如侍奉菜园子里的豇豆苗、黄瓜苗、豌豆苗。他一生干着粗糙的农活，心却是细的、软的。从前他曾经和我说过，少壮未婚时，想找一个茑萝菟丝一样的女子为伴。小鸟依人之福，他到底是不曾享受到，我的母亲是一个很硬气也很自立的人，温柔不来，更像是一只护雏的母鸡。他在家无地位，唯其马首是瞻。后来他习惯了，渐渐也甘之如饴。

这些天一字字重温《楚辞》，三闾大夫下笔如神龙在天，奇诡不可测度，杜衡、芳芷、白蘋、茝、荪、留夷之类的琼花瑶草数十种，静静开放在诗行间。君子佩兰桂，小人如藤蔓，依其香草美人之喻，茑萝有攀龙附凤之嫌，虽然其笔下未见其名，想来自然也与蒺藜、苊草一路，归为臭草恶木。屈大夫品性太洁，太清，太清者必孤，太洁者必苦。其实草何干人事？比之《诗经》中以为起兴的诸种草木，更可感佩《诗经》之温柔敦厚，有大君子之风。

茑萝大名茑萝松，草以松为名，类似的还有绿尾松和石松。想起屈原和司马相如辞赋中的揭车，草以车为名。

茑萝结籽卵状，长黑而圆，如小儿被蛀的乳牙。其子房形如毡包，似清朝王爷头上戴的帽子。花也是好看的，热烈而低调，像旧时乡下好女子的爱情。

看麦娘

昔年，镰刀新磨麦子黄熟时，卖鸡仔的怀宁佬就挑着一担小鸡颤悠悠地上门了。一根竹扁担两头各挂一只硕大扁圆的篾筐，里面装着数百只鸡雏，绒绒黄白，偶尔也有乌脚鸡。它们在箩筐里挤成一团，活泼泼啾啾而鸣，也有歪着头打盹的，捉对厮斗的。母亲总要挑选一些貌似康健的来喂养，十只或者二十只，都是双数。双数吉利，农村人做喜事都讲究成双成对。

然后，她把小鸡放到阶沿上，撒一把莹白的米到地上，坐在台阶上出神地看小鸡啄食，眼里盛满温情和爱意。转过头，就吩咐我和妹妹去田里采小鸡草。

小鸡草多生于油菜田中，多年以后我才知道它的大名是看麦娘。油菜已经收割回家，紫云英和看麦娘错杂丛生于田间，油绿茂畅，花开正好，笑于春风中。看麦娘茎叶娇娇挺秀，其花灰绿色，圆柱状，如小棒槌，也像高粱初穗，花粉橙黄若金屑，握在手中，绵软温存，嗅之有散淡的清香。

将看麦娘的花揉碎，小鸡抢着吃，估计味道不错，这就是吾乡称之为小鸡草的缘由。后来读书，才知道看麦娘含有丰富的蛋白质，是饲养牛羊的上好饲料，也有解毒和止泄的功效，可治水肿、毒蛇咬伤、红眼之类。它被归类为农田恶性杂草，因其繁殖力极强，与作物争夺营养，并且是麦田蜘蛛、稻蓟马、灰飞虱这些害虫的寄主。但乡人倒很乐意田里长满看麦娘，在油菜收获之后，水稻栽插之前，把田泥犁一遍，看麦娘就成了优质的天然绿肥。

看麦娘，名字文秀有女气，不知其来历，兴许是与麦子共生有看护之意？其实看麦是假，争地盘是真。

《西游记》里写到看麦娘，其第八十六回《木母助威征怪物，金公施法灭妖邪》说，唐僧被妖精南山大豹掳进隐雾山折岳连环洞，差点被蒸煮吃了，众弟子好一通折腾将他救出，顺便救了一个樵子，樵子为答谢救命之恩，将师徒四人带回家，做了几品野菜奉上，这野菜宴里，有黄花菜、白鼓丁、浮蔷、马齿苋、江荠、雁肠英、燕子不来、枸杞头、雀儿绵单等野菜数十个品种，其中就有看麦娘：

看麦娘，娇且佳；
破破纳，不穿他，
苦麻台下藩篱架。
雀儿绵单，猢狲脚迹，
油灼灼煎来只好吃。

吴承恩曾做过河南新野县令，《西游记》所记山川风物，多有与古荆楚和中原交接处风土相符者。虽是小说家言，神鬼之说，却也多有根源。笔意也传神，即如状写看麦娘，“娇且佳”三字，已得十分风姿。

酸模

早春地气萌动，酸模即簇生于吾乡山林草野中。初始贴地而生，形似车前而肥大，叶如牛舌，绿意若凝，嫩茎初出时，样貌宛如幽兰。长大后叶子耸起，愈加肥厚，茎上开花如蝶翼，花色纯绿，至夏渐变为红，叶子也逐渐苍老凋敝。观酸模从幼至老，如观丰盈美少女沧桑而为枯瘦老妇人，颇有人世之感，王羲之所谓“向之所欣，俯仰之间，已为陈迹”。

髫齿时衣食未丰，肚肠空瘪常常辘辘作响，于是满山野乱跑找吃的，比如茅针、金樱子、野葡萄、野毛栗、毛山楂、猕猴桃、八月楂。酸模是上天赐予的美味之一，摘几片嫩叶子来细细咀嚼，清芬满口，味道酸溜，嫩茎剥皮而食，尤其鲜美，齿颊间久有回甘。

酸模，古人称之为“莫”，《诗经》之“魏风”，有《汾沮洳》一诗，云：

彼汾沮洳，
言采其莫。
彼其之子，
美无度。
美无度，
殊异乎公路。

意思大致是：在那汾水之湄低湿的地方，欢欢喜喜来采酸模。我中意的那个人，英俊世上无匹。英俊世上无匹，那些官员怎么和他相比。

诗以酸模起兴，写上古之世一位女子对心上人的赞美与依恋，风格清新明快亦如酸模。《汾沮洳》应当是现存文献中，关于酸模最早的文字记载。《诗经》风雅，寻常草树，每有绮思，今人不及也。《汾沮洳》之后，写酸模的诗歌文章寥寥，我记得的只有三岛由纪夫，他的短篇小说处女作即以《酸模》为题。日本又有童谣《酸模开花时》，我没有见过。

先秦典籍多通假字，古人并非有意为之，实因汉语在其产生之初尚不成熟，一些字尚未发明出来，远不像后世体系完善且变化万端，先人记事写诗作文章，为表情达意需要，找不到的字多借字来替代。即如莫字，不仅通模，还通暮、漠、膜，通幕、瘼、谟、慕，观其字形演变，一如如来佛祖的诸般变相。

在吾乡，酸模不叫酸模，叫酸叶秆，酸模太文气，酸叶秆则朴鲁许多。年少时以为是“桑叶秆”，后来细思不然，当是酸叶秆。乡人质直，至今闾阎闲话依然多有古音古语，也多直白传神，譬如说酸模的味道，“酸得尿淌”。酸得尿淌的酸模，小孩子爱吃，属常情，如果大人吃的话，乡人就会讥笑他“害毒”。所谓“害毒”，也许是“害肚”，应当是有乡间典故的，但我一直不曾弄清楚，意思我是知道的，就是怀孕，因为孕妇喜欢吃酸的东西。

据说酸模是古人行旅时的解渴之物，比曹操的望梅止渴要实在多了。

博落回

吾乡荒野中多博落回，散布于山坡沟谷草泽间，相貌清简古奥，高脚伶仃，作遗世高隐之状，颇冷傲。茎叶若覆霜，割草或者爬山时不小心摸到，手掌上沾满浓白的脂粉，赶紧找山泉水来洗，或者抓起湿土猛搓。此物剧毒，粉霜恐怕也不善。

盛夏花期，博落回萼片如舟子，如摇床，萼中生花似竹叶，黄白如丝，略带草绿。花纷谢之后，结扁圆果实，似南瓜子，成百上千穿成珠链，色灰褐，经霜转作浅红以至深红。山风吹来，种子纷然相击，其声萧瑟，可竖耳一听。

故园尚存时，房前屋后遍生博落回，自小祖父就再三告诫：号筒秆有毒，不能碰。

既然是老毒物，侠义心顿起，刀削之，脚踢之，棍棒扫之，见其枝叶狼藉伏地，颇有为民除害的痛快。博落回茎秆折断后，出乳黄色汁液，有异味，如农药。吾乡从前也确实有能人以博落回制生物农药，俏销长江南北，得过国家发明专利，于是盖厂房建公司创品牌招兵买马，很是风光过一阵子，后来不了了之，像世间所有的鲜克有终。

号筒秆是博落回在吾乡的叫法，它还有多个别名，多与号筒相关。

冬季，博落回叶落枝枯，只剩下一根三五米直秆茕茕孑立，中空如管，呈黄褐色，一身脂粉若铅华洗尽，像白下那条金粉河边的妙好女子，终于空瘪一无可观。拔起来细看，茎秆基部骨节膨大突出，绝类祖父抽黄烟用的旱烟筒。少年时顽劣好奇，在橡树的果实上挖两只圆孔，穿上细水竹做的短管，以为烟筒，偷祖父的黄烟躲在后山中叭叭吸食，本想作陶醉状，不料被呛得涕泪横流。吐一口口水出来，颜色如同博落回的汁液。

《本草拾遗》曰："博落回，生江南山谷。茎叶如萆麻，茎中空，吹作声如博落回。折之有黄汁，药人立死，不可入口也。"《酉阳杂俎》所记与之差不多，只是把"江南"换成了"江淮"，位置更具体一些。吾乡岳西正在江淮之间。

《拾遗》《杂俎》中的萆麻就是蓖麻，也全株有毒，其名声在乡间却要比博落回好多了，祖父曾经遍植于庭院前后。所谓"吹作声如博落回"，我没有试过，也不敢试，想来当作呜咽凄悲声，兼有沙场喊杀哀号。博落回本是古时行军打仗时的号角，也就是大角、中鸣，来自古羌，今人无缘一见，想来其声如号角，如觱篥。

多年未再见到博落回，故园业已成繁华闹市，少年风物多已遍寻不见。昨年仲春在天柱山参加一个笔会，晨起在山间独自散步，见到数百株博落回隐现于浓雾之中，欣赏久之，竟有契阔之感，以为云雾之间，这毒草也别有仙风。

晚饭花

汪曾祺先生的《晚饭花》这样写：

晚饭花开得很旺盛，它们使劲地往外开，发疯一样，喊叫着，把自己开在傍晚的空气里。浓绿的，多得不得了的绿叶子；殷红的，胭脂一样的，多得不得了的红花；非常热闹，但又很凄清。没有一点声音，在浓绿浓绿的叶子和乱乱纷纷的红花之前，坐着一个王玉英。

汪先生写晚饭花的时候，我还穿着开裆裤，读到《晚饭花》的时候，也刚刚成年。由此记住了一个人，黑黑脸、明亮眼、白的牙、在门道里做针线的好看的王玉英，也记住了一种花，胭脂一样的晚饭花。晚饭花一样的少艾女子的妙处，要多年之后才约莫懂得，晚饭花却种在门外竹篱边，而且是我自己撒种子种的，十几棵，茁壮盛美，家里养的十几只老母鸡，常常站在花的粗大斜茎上乘凉假寐。

不知道那是晚饭花，也不知道它的学名紫茉莉，乡人一直称之洗澡红和胭脂红。夏日洗澡时，它就开花了，像舞台上摆着造型跳开场舞的群女子，音乐一起裙摆突然打开，热烈而芬芳，清香绕廊檐经夜不散，待东山日出晨露已晞，花朵开口处方才羞羞抱紧，收闭如女孩子们的雨伞。

父母劬劳，常以“无智吃力”自砺。别人家已经端着碗走门串户了，他们的晚工才刚刚开场，所以我家的晚饭向来很晚，八九点钟算早的，十点也不稀奇。晚饭花开时没有晚饭吃，只好用铁公鸡烧水来洗澡，把家里的暖水瓶全部灌满开水，然后趴在厨房里那张油腻漆黑的四方小桌子上写作业，静候父母收工归来，有时睡着了，头面手脚全是山蚊子叮起的大包。

后来一看到晚饭花，就想起铁公鸡。其时城乡都很流行的烧水壶，用铁皮锤制而成，形状如公鸡，一管烟囱里火苗灼灼，柴烟呛人，也能驱逐蚊虫，颇有人间烟火气息。再后来，煤球炉子普及起来，铁公鸡渐渐消失，我再次看到，是在安徽石台大山里，已经是二十几年后的事了。主人架起一只几似文物的铁公鸡，用柴火煮雾里青茶招待来客。山中雪极白，茶园极大，雾里青大碗茶极酽厚，细细品咂，竟有晚饭花的芬芳。

晚饭花色彩绚丽，紫红、正黄、纯白，或者红白黄错杂交织，端庄而不冶艳，有平民之德。花谢结籽如地雷，童年时常装一把在口袋里作暗器，专砸村里小丫头们的头。她们中有没有王玉英，我一直没有细想过，但有一点是肯定的：她们要么嫁给了钱老五，要么嫁给了李小龙，个个早已绿树成荫子满枝了。

凤仙花

梅花本是逸品，印到纸上，入眼却是一团不可忍耐的俗气，远不如一两只胖大的桃，画在杂志封面上，反有拙朴风雅之美。凤仙花名字似雅实俗，不如指甲花，貌俗实雅。想起歙人张潮从前说过的话：“声有言之极韵，而实粗鄙者，卖花声也。”

我童年时爱养花，也种过许许多多的指甲花，春天撒种，待其幼苗出土三五寸，绕篱笆或者猪圈栽一圈。极喜肥沃，乐见阳光，见风即长，到了盛夏之日，主茎粗壮一如乡间农妇的臂膀，可长一米来高，根系深扎于泥土，花与茎和叶蓬勃笑闹，一如旧时王孙。

凤仙花容婉媚，宛如飞凤。明人王象晋《二如亭群芳谱》曰：“其花头、翅、尾、足俱翘然如凤状，故又有金凤之名。”其色彩极斑斓，红白紫黄，纯色之外又糅杂交混，翻作百十种花色，是蜂蝶之功。我尤喜大红复瓣，缀于叶间似多情玫瑰，又有姚黄魏紫风度。

女子天性是爱美的，乡间的小丫头首如飞蓬，垢面炭肤，如山鬼，却不妨碍其求美之心。她们用大红凤仙花捣汁，染指甲，点眉心，在手腕上画手表，“勺死着”。勺，吾乡昔时土语，多用于女子，含贬义，意犹臭美、不知羞，“勺货、大勺、勺人”之类，都不是什么好话。

用凤仙花汁染指甲，由来尚矣。宋人周密《癸辛杂识》所记甚详备：“凤仙花红者用叶捣碎，入明矾少许在内，先洗净指甲，然后以此敷甲上，用片帛缠定过夜。初染色淡，连染三五次，其色若胭脂，洗涤不去，可经旬，直到退甲，方渐去之。”明人吴彦匡《花史》：“李玉英，秋日采凤仙花染指甲，后于月夜调弦，或比之落花流水。”吾乡当年的勺女子，既没有明矾可用，也不曾用帛裹缠，草草涂于指甲上，也灿然可观，有流水落花风情，元人杨维桢所谓“几番错认守宫砂”。

凤仙花叶上有稀疏锯齿，颇锐利，手臂拂之可见划痕。其子房初如尖尖小荷，渐老渐透明，被竖状裂纹分作数瓣，手指轻触，或者吹气较大，即如触动机关，纷然炸裂，如贞静女子遇不良之徒纠缠，决然自毁，黑色种子弹向四方，子房则应声蜷曲如白玉蜗牛。童年时无玩具，乡间寂寞，常以此为戏。

后来读聊斋先生写狐女的《凤仙》，以为姿貌倾绝人寰的好胜佳人凤仙，名字或许就出自凤仙花。《凤仙》有一段写得极妙，且抄录之：

(刘赤水)喜极，为之捉足解袜，抱体缓裳。而女已微醒，开目见刘，四肢不能自主，但恨曰：“八仙淫婢卖我矣！”刘狎抱之。女嫌肤冰，微笑曰：“今夕何夕，见此凉人？”刘曰：“子兮子兮，如此凉人何！”遂相欢爱。

凉人，良人也。

鸡冠花

无赖小儿时，喜于乡间篱落下种凤仙、晚饭、鸡冠、芍药诸花，无非好养，也好看。它们虽是低眉蒲柳之质，并非傲娇金枝玉叶，却也意态清华，有一番天然志趣。鸡冠花秾丽肥大，自带喜气，握于手中绵软温暖，一如执微胖女子发面一样的素手。

鸡冠花名字凡庸，花姿却不俗。凤冠云帔，若王妃头饰；烟霞满眼，类胄上红缨；昂然挺秀，如雄鸡早唱；又浓艳肥厚，露滴风摇，差似女子灿烂罗衣、周郎手中羽扇。《东京梦华录》《梦粱录》《枫窗小牍》说，两宋至清代，开封等地人家风靡以瓶插鸡冠花供奉祖先，谓之洗手花，也就是洗手插花祭奠先人，且云中元节时，坊间多有儿童持鸡冠花沿街唱卖，想来如今日端午节前，街市中尽是艾草菖蒲，可知前人已认定鸡冠花为圣洁之物，足可置于祖宗牌位前，遥寄人琴之思。

若是阳光够炽烈，土壤既肥又松，水也浇得及时，鸡冠花可长一米有余，主茎粗大如成年人的手腕。秋后花凋叶落，茎渐枯，皮实筋道，可以拿来当鞭子与乡里小儿干仗。

其花有四种，红、黄、紫、白，明人仲弘道《鸡冠花赋并序》所谓“朱紫奋采，黄白争奇”。许是土壤过酸或者品类的原因，我种的只有红、紫二色，邻村人家园中有黄色种和白色种，无奈其人年虽已老，却生性鄙吝如葛朗台，我上门向其讨要种子，他竟不给，还说如果我种出了黄白二色的鸡冠花，他就会登门兴师问罪，向我父母告发我是小偷。少时颇顽劣，又高傲，以为奇耻大辱，事后我与几个顽童于雨夜潜入他家园中，将鸡冠花全部捣毁。

鸡冠花不易入画，也不易入诗词文章，不如萧疏之兰竹，也不如清雅之梅菊。白石老人诚为丹青国手，其鸡冠花图最得意之笔，我以为不是花，而是花冠上的蜜蜂、蜻蜓、蚂蚱。有一幅图，蜜蜂卧于花冠中，姿态纤毫毕现，羽翼几近透明，翅上暗纹清晰可数，卓绝不可追也。其题鸡冠花诗云："老眼朦胧看作鸡，通身毛羽叶高低。客窗一夜如年久，听到天明汝不啼。"恕我不敬，实属凡品。

古今写鸡冠花的诗文，最佳者我以为还要数仲弘道。他直以西施、班昭许之，又击节其深秋众芳摇落之际，摧之不能摧、欺之不可欺的凌云气节。《鸡冠花赋并序》中，"强项独发"四字，尤见绮思。

芭蕉

芭蕉风雅，古人植于窗前，取蕉窗映碧纱之意，兼听其潇潇雨声，白香山所谓“冷翠落芭蕉”。

芭蕉雨我也听过。故园尚在时，东厢房外的水竹林间有一丛芭蕉，系祖父当年手植，极肥茂，高齐披厦的屋檐。夏秋的雨天，我常和村里的顽童采蕉叶当伞，一片叶子可供三个人躲雨。蕉与竹配植，前人有“双清”的说法，祖父本老农，识字无多，当是无意为之。但我以为，水竹本是萧疏脱俗之物，与芭蕉作邻居，顿见寒气，我若是水竹，当有瑜亮之叹。

少年时躺在床上听芭蕉雨，点点滴滴，从黄昏到天明，无非喜其幽韵，其时历世尚浅，自然不谙古人听芭蕉雨、写芭蕉雨的遥深寄托。只是年年盼望芭蕉快快长大，结甘露大如瓢。听乡人说，芭蕉结的甘露可饮，味极鲜美，我从没有尝过，很是向往。只是不知何故，我家的芭蕉总不见结甘露。有一年倒是结了一个，很是欢喜，却未等到其成熟，我就到外地上学去了，待寒假回乡，芭蕉已萎，残茎覆雪。

后来才知道，甘露即芭蕉心，状如灯管，内中并无甘美琼浆可饮，但芭蕉心可食，切细，凉拌、清炒或炖肉，味颇佳，且富含钾。乡人所说的甘露，或许是甘露蜜，是芭蕉心分泌出来的甘甜汁液。

芭蕉心层层包裹于苞叶内，从外表无法见其本心，贺铸诗“芭蕉不展丁香结”即指此。印度佛经常引芭蕉喻“空”，以及世间诸法相。其《佛本行集经》说：“犹如空拳诳于小儿，如芭蕉心，无有真实。”佛经中又有“所梦虚不实，亦如芭蕉心”之句。隋唐诗家笔下的芭蕉，也多寓陈寅恪先生所言“阴蕴俱空，肉体可厌”之意。臭皮囊可厌否？自屈原兰汤沐浴洁己修身起，以至今日风靡SPA，世间人多爱这肉身。

古人说芭蕉的形貌、质地与姿容，有十二字：“扶疏似树，质则非木，高舒垂荫。”很是到位。昨年去肥西，在刘铭传故居大潜山房中见到一丛芭蕉，荫蔚于墙隅，与水石竹木相伴，甚有幽致，据说是晚清时物，不知确否。其叶阔大，冬阳下细视，叶面若布纹。当时想，怀素以芭蕉叶临帖，这芭蕉似也可以用来写信寄远。芭蕉虽非木质，其茎的纤维却可以造纸，也可搓绳、织布。

许是风土的缘故，吾乡的芭蕉从不结芭蕉。市面上的芭蕉都从外地运来，与香蕉混在一起，据说可从味道、形状以及颜色加以区分。我一直分不清伯仲，也不想分清，有得吃，吃就是。世间之物之事，多有形貌相似者，若非狸猫太子，不妨糊涂一些。譬如王维《袁安卧雪图》，在大雪中画一株翠意盈盈的芭蕉，明显有违常识，为三岁稚童所不取，自沈括《梦溪笔谈》开启争端，绘画史里近千年来一直聚讼不休。王摩诘自然不是芭蕉失鹿，画雪中芭蕉也非个例，他画花，常常把桃、杏、芙蓉与莲花同画于一框之中。沈括所言极是：“书画之妙，当以神会，难可以形器求也。”

石蒜

秋雨落下，院中休眠一夏的石蒜被唤醒，玉簪数十支刺出地面，错眼之间长至一两尺高，自抽条到打苞到放蕊，三五日内一气呵成，珍惜寸阴如是，让人感喟。其花如红伞，如蟹爪，如灯盏，如流星雨，如蒙蒙红雾，如大年夜小城烟花漫天，明艳咄咄逼人，薛涛“晓霞初叠赤城宫”谓此。

以为敢与之合影的女子，要么是无脑，自取其辱，要么是绝色，足可以夺其光彩。

清人陈淏子《花镜》说：“金灯一名山慈菰。冬月生叶，似车前草，三月中枯，根即慈菰。深秋独茎直上，末分数枝，一簇五朵，正红色，光焰如金灯。又有黄金灯，粉红、紫碧、五色者。”

石蒜初名金灯，南北朝时即有栽培。多异名，山慈菰之外，有九形、无义草、龙爪花、赤箭、鬼灯檠，又有彼岸花、曼珠沙华、幽灵花、引魂之花，多为古今人以意度之，掺盐加水频加演绎，无关花事。段成式《酉阳杂俎》所记有代表性：“花叶不相见，俗恶人家种之，一名无义草。”我还是中意石蒜之名，以为有乡土气，有蒸蒸地气。

陈淏子之言，石蒜之叶初生似车前，不知此话何来，车前草之叶肥阔，石蒜之叶修长，二者几乎没有可以比拟之处。

吾乡本无石蒜，红、黄、碧、五色者我更是从来也没有见过。院中石蒜是父亲十余年前从他乡移栽而来，和山百合一起，植于两棵老梅之下。石蒜之花过于秾丽，稍嫌俗艳，但花伴梅生，俗气被冲淡了许多。花谢叶生，其叶如兰草、白茅，郁茂披拂，清雅韶秀，数九寒天乃至大雪覆盖人间时，仍苍绿养眼。若置于书案上，江淹所谓“植君玉台，生君椒室”，清雅静气当不输幽兰和石菖蒲。种石蒜，虽背“俗恶人家”之名，却得幽独可人之实。

石蒜花如灯，照梦幻泡影，对之可以悟道参禅。

车前草

车前遍生吾乡陂泽田垄之间，旧时驿道边以及县城角落里也随处可见，状貌敦厚安静，叶质肥厚，鲜绿亮人眼眸。虽可入药，且《神农本草经》列为上品，无奈价不抵工，沦为杂草，任其生灭。幼年时作埋锅造饭之戏，常捣车前以为菜，日常餐桌上却从不见此菜。乡人淳厚几近刻板，于烹饪一事可知：除了荠菜，其他野菜从不入厨房。

以车前做菜，由来久矣。《诗经》云“采采芣苢”，芣苢或芣苡，即车前草，西周之世的远古先民即采之捋之，撩起衣衫兜回家或烹或羹。车前的做法，按明人朱橚《救荒本草》所记，是采其嫩苗，炒熟，用水浸去涎沫，淘净，以油盐调食。朱橚是明太祖朱元璋第五子，明成祖朱棣同胞弟弟，贵为宗室皇胄，封吴王，后改封周王，但生性勤学，能辞赋，尤其工于方剂之学，他记录的车前草烹制法当是其来有自。

这些年走过一些地方，稍稍尝试过南北风味，车前草却从未吃过，深以为憾。美食家言，车前与花椒、葱花、蒜片相配，可做羹汤，可做包子馅，可包饺子，可煮粥，可煲猪肚，可煎蛋，可凉拌鸭肠，多与食疗有关。三国时吴国学者陆玑曾说，车前“嫩苗作茹大滑”，只不知其滋味到底如何，或许如空心菜？想来，世间野草除了有毒性的，其他的，花、叶、茎、根、果都可以摘取来做菜肴，只是味道有分野罢了。

手不捏菜刀砧板已经许多年，曾与人言，他年归老泉林，储老当做一老厨，尤其要做尽野草文章。老来不嚼菜根，何事可为？总不至于不堪到靠着山墙根曝背捉虱嚼人舌头的地步。

前人说，车前之名，三尺童子知之。其名字的由来，传言与东汉云台二十八将之一的马武出征西羌时，以此草治疗尿血症相关，我看未必。《后汉书》有《马武传》，也未提此事。但因生在车前面，得名车前，此说是有道理的。又或者，车前贴地而生，形如车轮，纸质叶片似辐条，故以名之。《尔雅》释车前，芣苢之外，又有马舄，应当就是马蹄铁，形状类似车轮。朱橚也谓之车轮菜。陆玑所言当是："此草好生道边及牛马迹中，故有车前、当道、马舄、牛遗之名。"

车前之籽名车前子，细碎若芝麻，其色赤黑，其性冷利，先贤曾言，服之可以令人身轻，可以跳越岸谷，不老长生，又说古仙人如赤松子也服饵之。今之梦想长寿者，似可以炒来装在口袋里，随时纳于口中。凡陋如我，尸于世间若草虫，本无大用，占用资源而已，就不必一试了。

蛇莓

蛇莓，即野草莓，吾乡谓之蛇萢，散布于地塝、道侧及沟谷乱草丛中，匍匐于地表如衔枚疾走，茎叶繁密纠缠，春夏季花发果生，望之灿若天上云锦。其草一茎三叶，边缘有齿，绝类覆盆子。其花正黄，五瓣单生，美而艳。其果大红，举于茎端，形似杨梅，滚圆，表面密布粒状突起，极艳丽，诱人涎流。

蛇萢在乡间的名声向来很坏。稍识事时，家人即谆谆告诫，蛇萢切不可食，食之立死。又说某时某地某人家小孩，误食蛇萢七窍流血而亡。

大人言，蛇萢是蛇吃的果子，犹如大麦萢（覆盆子）是山林给予孩子们的馈赠。在春日清晨，朝露未晞时，蛇萢以及白茅的叶子上，确实挂着许多大团大团黏稠的白色可疑物，如同人的唾沫，大人说那是蛇吐的口水。牧牛时我注意到，生产队那头老水牛，也从不吃蛇萢草。因而素不喜此草，见之就会想到吐着芯子的蝮蛇，想到蛇蝎之心的人，想到无主的坟被雨水冲出来的骷髅，必绕道而走。

其时吾乡尚无草莓。十余载后，草莓落户繁衍于村落中，我也在院墙根下种过，清香甘美似不是人间物，远胜水果店中所卖。蛇萢仍然蓬勃于野地，我也曾叮咛自己的孩子千万不可吃蛇萢。在乡间生活过的人，草莓与蛇萢之别一目了然，一如分辨猫狗。

及至后来，见有人把蛇萢当水果吃，大惊奇，急切劝阻之。然而此人食蛇萢十数颗，末了竟安然无恙。问其滋味，说无甚特殊，又补一句：比草莓略差。又殷勤劝我尝一颗，被激将不过，舍命吃了半个，寡淡如白水，并不如想象中的酸甜，却也无不良反应。再后来，读《本草纲目》，见李时珍引陶弘景《本草经集注》云：蛇莓“子赤色，极似莓子，而不堪啖”。忽然会意，蛇藨并非不可啖，而是不堪啖，不好吃也。莓子，当是覆盆子。

正待笑乡人鄙陋，误导孩童时，又见古医书说，蛇藨有微毒，“误食胀人”，“人不啖之，恐有蛇残”，方知乡间祖祖辈辈传下来的老古话，多有经验和教训。

蛇以蛇藨为食，当是臆测，上有蛇残，恐怕也非正解，乡间植物千千万，哪一株蛇爬过哪一株又未曾爬过谁分得清呢？以为蛇莓或者蛇藨，以及蛇果、蛇蛋果、蛇藨、蛇葡萄、蛇果藤等诸多与蛇相关的蛇莓的异名，当与其形似蛇蛋又能解蛇毒有关。

睡莲

在淮滨，晨起与魏振强兄绕东西湖散步。客舍池沼中睡莲初醒，三五朵娇红如世外仙姝朝慵起，如红月浮波，如情窦初开时的梦境。湖在淮河支流饮马港，水面阔大，千顷碧波一两声蛙。老魏说，淮河岸边的蛙鸣很有文艺腔。我以为，东西湖的睡莲很文艺。

文艺很好，文艺腔要不得。忆起曹溶《倦圃莳植记》里的句子：

莲之一身莫非有益于人者，大池为快，盆栽仅可供清玩。内典所重以其方花即果，故瓣多虽美，而有房乃佳，花红取房，花白取藕，各有专。吴郡陆玄白家一种红莲，乃房藕俱洪，而色味兼美，尤是佳品，此适用而可赏者也。

世人写莲，制芰荷以为衣集芙蓉以为裳，中通外直不蔓不枝之类，多文艺腔，独锄菜翁曹溶莳花种草，日子过得很文艺，又讲求适用，由“房藕俱洪”四字可知。洪者，大也，莲房大莲藕也大，可饱肚肠。山人种莲，原不只为清赏。曹溶所记陆玄白家那一种红莲，应当就是睡莲。

早年，曾租用县城老招待所一幢小楼办公。楼名桂香阁，在花果山的山腰上，至少有五十年历史了，苔痕苍苍有古意。阁前有修竹千竿老桂数棵小亭一座，阁后有青山白云人家，晴明雨雪均有好景可观，又极幽静，闲人不来，得数年逍遥自在。

桂香阁后边一户人家，庭院中花木纷披，有一方形水池，与桂香阁北窗毗邻。池中有睡莲，年年六月末七月初，每日清早来上班，一眼望见几朵红色祥云绰约于水上，贞静温婉，幽香细软，养目养鼻养心养性，案牍之劳因之减了大半。那家的女主人，却每天在池子里洗拖把，吧唧吧唧，把一池水搅得浑黄，同事戏谓之“摧花婶”。莲性虽洁，却也能同其尘和其光，拖把洗过，池水复归安宁，红莲不沾一滴污浊。

这些年搬过数次办公室，最忆桂香阁，最忆的是桂香阁那一池睡莲。

荷莲挺秀，却也稍嫌卖弄风姿，睡莲贴水而生，自有谦谦之怀温润之美。我若有绿水，当种一池睡莲。只是如今地贵，得寸土已属不易，何况是半亩方塘。

今年清明回乡祭祖，在山中一个被遗弃的小村庄里，看见榛莽丛中有一口陶瓮倾倒在地上，很完好，釉色颇古旧，想来是人家的腌菜坛子，当时想，这口瓮子可养一棵睡莲，试着去搬，重得很，只好作罢。前些日子路过，瓮仍倒在那里，心间仍然如虫爬。

那妙龄十八的馨香

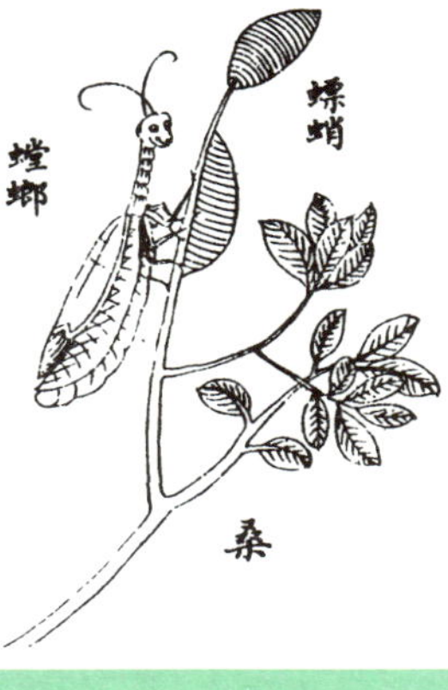

我还没见过草莓的时候，伊瓦什凯维奇就说："它虽然曾经使我们惴惴不安，却浸透了一种不可取代的香味，真正的六月草莓的那种妙龄十八的馨香。"读他的《草莓》若干年后，当我似乎朦胧地懂得了一点儿所谓爱情时，我恍惚明白，这个以诗、小说和剧本留名于世的波兰人，当时一定是在热恋，至少是在暗恋一个草莓一样馨香甜美的女子。否则，他不可能因为草莓的鲜红联想到二九芳华的少女。

许多年以前，我还是一个好好学习天天向上的小学生，在一本作文选上我读到两个陌生的词，一是"大海"，一是"草莓"。一个海南的小女生写道："清早去海边捡贝壳，海浪亲吻着我的脚踝。"另一个成都的小男生写道："星期天，我和妹妹提着小竹篮，到园子里摘草莓。"我羡慕得舔舌三匝。海浪和贝壳是什么东西？那有香味的草莓又是怎样一种甘洌的水果？当时我想：在山外边，草莓肯定是顺着海浪跟贝壳一起漂过来，我张开嘴，草莓就会像甘蔗熬的水果糖一样，让我的牙齿整月留芳。对大海和草莓的向往，伴随着我的整个童年。

春末的一个上午，篱笆墙的影子被太阳拉得山墙一样长。菜园子里妈妈种的那两块草莓，被雨水和季节催促着，正在发狠生长。我家那个嘴馋的小家伙，把最先红的那颗草莓塞进嘴里。他比他的爸爸幸运，至少，他很小就识得草莓滋味，而且，他的奶奶专门从亲戚家讨得数十棵草莓秧子，种在她视为领土的菜园地里，只为博得孙子的一嚼一粲。总是隔代的亲，如果我才几岁、十几岁，肯定会忌妒得发疯。

我一直为我出生在大别山里深感不平。不说别的，只说山里水果的种类就少得可怜。板栗、米枣、酸梨、既涩又小的毛桃，这四样貌不惊人而且味道平常的“小土著”，就打发了我的童年。许多年以后，当我跑过一些地方，尤其是亲自去过海南，见过海南的草莓、杨桃、椰子、菠萝、菠萝蜜、香蕉、荔枝和火龙果，这不平就更加有所附丽。那大片大片的草莓园，那望一眼就觉得亲切可爱的心形水果，让我的胃分泌全面加速。

真正识得草莓，大约是十八岁。从南方引进的草莓，终于在本地栽培成功，并从此在这片吴头楚尾的土地上生生不息。海南的草莓我尝过，那加速生长的草莓，远没有本地移植的来得馨香持久。吃草莓，不是吃，是品，是咂，是味蕾上的回甘。草莓非俗物，俗物嚼过只道是平常。还是学学波兰的老伊，即使是附庸风雅，即使是鹦鹉学舌，那草莓绝对是水果中的佳人，如小乔，如昭君，如演唱《一代佳人》的白若薇，亦如《飘》里的郝思嘉。

春上里，妈妈把草莓栽进园子里。她说：“我家小宝贝天天吵着要吃草莓，这回我无论如何也要插一些。”她的心意，隔代的小家伙是不可能真正明白的，即使他长大成人。这情，只有他儿子能明白一些。她每天一大早起来，就去望她的草莓开花没，结果没。

世事总是如光阴，长亭连短亭；草莓总是像童年，花落并蒂结。从童年到少年，再到中年，草莓一直是我心里的一个结。那一低眉的温柔，那一颔首的馥郁，都在生命的记忆里永久地保持幻相。

狗尾草

越是卑微的事物，越是能保持旺盛而长久的生命力，就比如摇曳在这个夏天的狗尾草。这种毛茸茸的小植物，早在距今一点四五亿年前的白垩纪时代，就是大佬恐龙的隔壁邻居。身躯庞大、不可一世的恐龙，在六千五百万年前就从地球上彻底灭绝了，而柔弱无骨、风吹必倒，并且一直被恐龙踩在脚下的狗尾草仍然活着，而且越活越坚强，越活越精神。如果我现在当学生，写一篇老师布置的以狗尾草为题的命题作文，我肯定能就此引申出许多关于做人的哲理来。而恐龙的灵魂如若有知，也自当生出一番“大佬徒伤悲”的慨叹。

狗尾草的生命力实在令人惊叹。外国不知道，在中国，只要有土的地方就肯定有狗尾草。在北京圆明园的大水法旁边，在西安的古城墙下，在昆明的世界园艺博览园里，在内蒙古的大草甸上，在大别山的石头缝中，狗尾草无所不在。而最有力的直接证据是：科学家在辽宁岫岩县大房身乡的黄土层里，发现了将近四百粒狗尾草的种子。经过同位素测定，这些种子至少埋藏了一万年。更加令人惊叹的是，那些古代的狗尾草种子后来又发了芽，开了花，而且还结了籽。两千五百多年前的《诗经》也记载了狗尾草。比如《齐风·甫田》就说：“无田甫田，维莠骄骄。无思远人，劳心忉忉。无田甫田，维莠桀桀。无思远人，劳心怛怛。”这里的莠，就是狗尾草。

狗尾草在农村的名声一向很响，是那种恨不得诛灭之的响亮。犹然记得，五六岁时跟在父母后边，在玉米地和菜园田里清除狗尾草以及其他杂草时那种双重的痛苦。这痛苦，一方面来自七月骄阳的暴晒和五十摄氏度地热的烘炽；另一方面，则来自对狗尾草的怜惜。它们是多么的翠绿、美好、乖巧，平素我们还把它们捏在手里当宝贝，现在却得亲手杀死它们，实在是有些残忍。因而时不时地，我会在不引人注意的角落里，故意留下几棵。但明察秋毫的父亲，必然瞪我以巨眼："混账东西，你不知道草是庄稼的敌人啊，赶快扯掉！"

狗尾草是庄稼的敌人，农村三岁娃儿就明白这个。但狗尾草无疑是美丽的，谁也不能否认。在夏天，尤其是在有微风的黄昏，狗尾草扭着细细的腰，在少人注目的低处随风起舞，极富诗意和生活情调。尽管童年时我不懂什么叫诗，但什么东西是美的，却是明白的。

狗尾草因为侵害庄稼，名声一直不好。其实万物皆有用，狗尾草就有药用价值。有一年夏天，我妹妹突然发了"蛔气"，痛得在地上打滚。母亲从邻家太婆那里讨了个单方：用猪的小肠炖狗尾草喝，果然十分灵验。其实，狗尾草不仅能驱蛔虫，还能治痈肿、疮癣、赤眼，这是赤脚医生后来告诉我的。他还说，狗尾草有很多别名，像毛毛狗、光明草、阿罗汉草、洗草、犬尾曲，等等。

狗尾草摇摇曳曳，是夏天最动人的一帧自然布景。然而成年人的眼睛看不到它们，或者说即使看到了，也像没有看到一样。成人对许多美丽的事物常常视而无睹，有一种叫生活的东西，蒙蔽了我们的眼睛，也遮蔽了我们的心灵。孩童则显然是大自然真正的赤子，他们纯洁的眼睛和心灵，更能发现美、聆听美、欣赏美。在这个小城里，狗尾草随处可见，但我注意到他们，却是因为我家不满两岁的小子。每每下了楼，他就直奔狗尾草而去，蹲在草丛旁边，用乌黑的眸子欣喜地摩挲、打量，然后扯几根拿在手里招摇过市，仿佛他捏着的，不是卑贱的草，而是上等的翡翠。

石头的耳朵

在皖西南的一些名山行走，经常能看见当地山民采石耳。在千仞绝壁之巅，采石耳的人把一根粗粗的麻绳系在大树上，另一端捆住自己的腰，然后像杂技演员一样，在游客半捂嘴巴的惊呼声中，飞身跃下。他们在几如刀削的悬崖峭壁上闪转腾挪，飘来荡去，寻找到石耳丛生的石头，站稳，蜘蛛人一样紧贴崖面，用小刀把石耳小心地剥离下来，放进背上的布袋里。

采石耳是极其危险的活计，虽然他们在空中飞翔的技术很熟练，姿势也很优美，但几乎随时有绳断人亡的可能。我曾在天柱山与一位以采石耳为生的“空中飞人”攀谈，略略知道一些内情。

他三十来岁，黑瘦、精明、灵活如一只猕猴，古舒州潜山人氏，家就在天柱山脚下的野寨。他脱掉被汗水浸湿贴在肉上的衣服，我看见他全身的皮肤几乎没有一块是完整的，上面布满大大小小近百处醒目的伤疤。他说，这都是采石耳时在石头上碰伤的。见我有恻隐之心，他嘿嘿一笑说，这不算什么，有不少人送了命呢，摔断胳膊腿的更多。我向他打听收入，他说现在石耳很稀罕，平均一周上一趟山，运气好时一趟可以采一斤，运气不好时只能采二三两，可以卖五百块钱一斤左右。

石耳是地道的山珍，性平，味甘，为地衣门石耳科植物，有养阴、止血、清热、解毒、利尿等诸多功效，同时又是餐桌佳品。诸般药典说石耳，可明目、益精、悦神，多食能润肌童颜。民间并传石耳能降“三高”，是上品药食。在皖西南山区小镇上的一些饭店里，常以石耳清炖乌骨鸡、石耳排骨汤、石耳黄鳝煲飨客，虽然价格比较高昂，然点食者众。贵客登门，稍富足的人家会在餐桌中心位置，放上一盆以石耳相佐烹饪的佳肴。

求人办事或者看望外地亲友，石耳更是理想的馈赠之物。

我在深山里住过一段时间，曾细细观察过这种珍稀生物。它生长在湿润的砂质岩石上，向阳，皮肤一样贴紧岩面。在阴雨季节里蓬勃生长，看上去像一片片毛茸茸的灰绿色树叶，或者奇形怪状的地图，手摸上去，有温暖如絮的感觉。而在响晴的日子，它则干枯了一般，表面呈灰褐色，像一块块安静的地毯，更像一只只耳朵。它在倾听什么呢？是在听松涛的呼啸，溪涧的叮咛，天堂的雨点，百鸟的鸣嘤，路人的咳嗽，还是在听石头与石头的窃窃私语？

石耳又名石壁花，名字美丽，富有质感，想必是远古的大诗人给取的吧。的确，石耳开在岩石上，就如同一朵朵灵异的花朵，它的芬芳和孤高不为凡人所知，只有山、水、树、鸟和石头才能懂得。

二花

金银花有不少别名，像忍冬、金银藤、金花、银花、双花、二花等，都很形象、贴切、好听。我尤其喜欢二花这个名字，亲昵，乡气，有泥土的质感和实在感，像旧时乡下跪在溪边草垫上甩动有力的胳膊浣衣的健壮少女。或许是因为骨子里我永远是一个洗不掉小腿上的泥巴的乡下人，对那些“土”的东西，我总是充满了强烈的好感。有人形容妇人：“娘家来的，哪怕是一条狗，看着也分外亲切。”这种好感也大致如此吧。

正是二花开得热闹非凡的时节，老家院子里那虬龙一样的两棵，攀墙附篱，闪转腾挪，貌似弱不禁风的柔嫩枝叶几乎占据了长长围墙的三分之一，上面布满无数金银二色清丽的花朵，看上去夸张、奢侈，让人觉得欢喜。那纯正优雅让人神清气爽的芳香，随风飘散，隔几堵墙都能闻得到。花是父亲亲手栽的，四年前盖新房建庭院的时候，他从附近的山上挖回两株苗，挨着院门贴着墙脚一边栽下一棵。如今，那主干已经粗壮如孩子的手臂了。二花好养，哪怕是石隙间的一把瘦土，它也能啜风饮露顽强生存。它不嫌贫爱富，无论是在穷人家大窟窿小眼的壁脚，还是在石狮蹲伏凶猛把守的豪门，它都是一幅“富贵不能淫，贫贱不能移”的清高自守模样。所以乡下人对二花有种特殊的情愫，是把它当作自家黄毛丫头养的。

父亲最喜欢的花就是二花。他说：“二花俏而不妖，香而不媚。”做了一生农民的他，先前是颇读过一些诗书的，言谈间有让人诧异的书卷气。他还说：“二花先是银子，后是金子，望着喜气，旺相。”到底，他还是一个从众的人，对世俗生活充满了很实际的向往。先前我们住在旧居的时候，他就在屋前种了两棵二花，后来长到老海碗粗。夏天的傍晚，我和妹妹小心翼翼把那台十四英寸的小黑白电视机抬出来，一家人喝着南瓜糊或者西红柿蛋汤看电视连续剧，二花馥郁的芬香把人团团包围住，现在回想起来，是别一种安乐和富贵。妹妹早出嫁了，我早搬进城里了，旧居也在一场浩劫似的拆迁中灰飞烟灭，父亲在新居的院子里栽这两棵二花，大约也有纪念的意思吧。

山乡里，二花无处不在，闻香寻花，总不会让人失望。但大多是单株，成片的少。真正见到大片大片的二花，是在朋友老秦的生态种植园里。整整两百亩，望得人眼睛发绿。前年与几个朋友跟着老秦去参观，正是与现在差不多的时候，生态种植园里有几十个工人正在采花苞，数不清的蝴蝶也在里面扇着翅膀上下翻飞，凑着热闹。“金花间银蕊，草药抵万金”，二花本就是常用草药，《本草纲目》《医宗金鉴》《校注妇人良方》等就记载其有治痈疽、肿毒、疮癣和化毒的功效。二花的花苞还可泡着喝，降肝火，是新兴的保健茶。老秦是个生意人，他把二花还有其他山珍卖到了京城和江浙。商人身上多有钱味，而老秦身上少有，我想应当与二花的濡染有关。一个把家建在花海边，以养花卖花为业的商人是有福的人。

世间的花，多是越开越败的，二花开到妙处，却是银子转作金子，身价不减反增。像乡间那些好人家的女子：少时，是野性的丫头；老了，是家中的喜宝。

竹

枕边有一册板桥郑燮画的竹子。竹是墨竹，竹节劲峭如小兽的腿骨，参差错落几欲断成几截，竹叶枯淡浓湿，似燕集相语，里面有淋漓的烟光和露气。竹边偶尔画一块顽石、一丛幽兰或者几株小笋，石头奇崛苍古有肉感，如福禄寿仙翁突出的前额，嫩笋尖尖神采秀澈，芷兰之香溢于纸外。竹君子，石大人，兰处士，三者都是高士，是放逐人间的散仙，如果联想到吃和采，哪怕是一念，就是罪过。夜阑时每闻细密风雨声，披衣起床推窗一望，院子里唯有婆娑月光和墨团花影，床头唯有潇竹散逸纵横，满纸淡烟古墨青玉枝。

板桥种竹画竹写竹四十余年，誓不做前人墨奴，于纸窗粉壁天光月影中，日夜看赏揣摩勤苦临写，终有鬼神暗中助之通之。画册非原画，也有神灵附体，只可清供不可亵玩。板桥说：“盖竹之体，瘦劲孤高，枝枝傲雪，节节干霄，有似君子豪气凌云，不为俗屈。”板桥的字行书有隶意，笔画瘦硬剞侧，笔势清健豪迈，所谓“六分半书”，也有竹子的骨骼和风神。其写竹诗十数首卓尔不群，“写取一枝清瘦竹，秋风江上作鱼竿”一句尤为玄妙。老子说：“玄之又玄，众妙之门。”

少小有一个时期爱绘画，当是学课文《从百草园到三味书屋》受了鲁迅先生描绣像的影响。画人像，画静物，画山画河画草木，也坐在竹林中的绊地根草毯上画过竹子。怎奈资质太差，也没有老师可以请教，涂鸦出来的画粗劣不堪，觉得自己连一只鸡也不如。雪天鸡在雪地上走路，其脚迹神似披针状的竹叶，添上一根竹竿，就是一幅现成的《雪竹图》。鸡走一步头点三次，似也扬扬自得。

故居的东面有一片竹海，自然分成几个部分，毛竹、水竹以及箬竹。毛竹骨节粗壮，枝叶纷披，是竹海的统治者，其边缘是颀长温婉的水竹，被挤到坡旁和角落里的是箬竹，叶子宽长，竹竿细矮，乡人称之莲箬。以金陵十二钗作比，毛竹是正册，水竹是副册，箬竹是又副册。这个比喻自然不佳，勉强说明植物界一样有领地之争而已，如同奥林匹斯山上的神也有主神和诸神之分。

乡间传说，个子矮的孩子，在月朗风清的夜晚，独自一人在竹林里摇毛竹会长高。其祝词是："竹子爷，竹子娘，你长粗来我长长。"我没有摇过竹，虽然个子也不高，爬竹子以及用新生竹枝和金樱子编花环的事倒是常干。也在竹林里早读、唱歌、睡大觉，与村里的发小持竹剑照着剑谱学剑术，想象着有一天青衣斗篷行走江湖，一舞剑器动四方。读了金庸先生的《射雕英雄传》，还挖竹鞭做过打狗棒。

毛竹可做竹器，篼箕、筲箕、簸箕、扁担、稻箩、提篮、蒲篮、蒸笼、梿枷、竹篼子、竹帘、竹席、竹床、竹椅、竹碗、竹筷、竹碗柜、竹楼梯、竹阁楼，也可围篱笆，做引水的竹笕，形制数十上百种，家中器具多半是毛竹剖篾编织而成。用久了的竹器，因为手和肌肤的摩挲，沾了血气，似也成了灵物，表皮酡红光洁如古玉。篼箕稻箩之类的竹器，使用频繁又兼日晒雨淋，很容易朽坏，于是每隔三五年，家中就请篾匠师傅来做几天活计。伐下的竹子堆在稻床上，篾匠和他的徒弟们一大清早就远道赶来，破斫削刮，条分缕析，篾刀到处一片子哗啦啦脆响，所谓势如破竹，竹香随风流动，好闻得想打喷嚏。必殷勤给师傅递烟倒茶，央其做一把宝剑、一张弓或者一个半自动竹弹筒，有一把好剑，尤其可以领一时之风骚。

篾匠破竹时，我和妹妹抢着帮父亲撕竹衣。竹衣是毛竹内壁附着的一层膜，雪白如精良的纸张，很薄也很有韧性，可做笛膜。父亲有一支竹笛，他傍晚从田地里劳作归来，吃完饭做好家务，就站在窗前横笛而吹，眼睛盯着曲谱，一只脚打着拍子。《牧羊曲》《摇篮曲》《一网鱼来一网粮》，一曲连一曲，音符如流水，与月光一起在村庄里流淌。他还有一把胡琴，琴身琴弓都是竹制，琴筒蒙以蟒皮。

母亲喜唠叨，父亲吹笛拉琴时却静坐在旁边纳鞋底，一脸慈穆的月光。乡人每每说父亲是才子，吹拉弹唱，写字记账，样样在行，还担任过生产队的会计。逢着别人当面夸奖自己的丈夫，母亲嘴上反驳着，心里是受用的。受用的表现，是羞涩一低头，手上的缝衣针在头上划拉几下，然后借头油的润滑和顶针的推力，将针刺入千层底。她要的是竹箨，也就是包裹竹笋的壳。新笋开枝散叶时，竹箨纷落，捡拾回家在锅里烫平，用于剪鞋样。竹箨颜色深黑略带紫红，上有纹路，回旋状。我家小脚姑奶三寸金莲的鞋垫，要么是松针，要么是竹箨。也有人在竹箨的反面作画，粘于扇骨上，谓之竹箨画扇。

编米箩米筛要细篾，有一些竹器则需要锁口，如同从前裁缝做衣服要锁边，水竹就派上了用场。篾匠将水竹破析成丝，然后在凳子的一头钉上两块刀片，把竹丝放在刀缝中来回拉刮，直到细软光滑如柳条，再或编或锁，其精工很有点像隔壁素贞姐刺绣。水竹可做鱼竿，冲头上一户人家有一坡湘妃竹，做成的鱼竿更有风味，只是那家的老婆婆脸皱心硬，很难讨要，况且旁边还拴着一条大狗。

箬竹的叶子择来洗净，垫在蒸笼上蒸小麦粑，或者包粽子，清芬竹气渗入食物。也可编张志和《渔歌子》中写到的箬笠，以竹篾为骨架，箬叶为帽檐，反面缀一截花绳作襻子，下雨天戴在头上，襻子牢牢套到下巴上，上山下田都比雨伞方便实用。箬笠和蓑衣在旧时是很重要的雨具，穿戴的不单是乡野村夫，还有王公大人。《红楼梦》第四十五回《金兰契互剖金兰语，风雨夕闷制风雨词》，写宝玉风雨之夜去看黛玉，“一语未尽，只见宝玉头上戴着大箬笠，身上披着蓑衣”。惹得黛玉笑其是渔翁。我十岁出头的时候，家里还有一顶箬笠一件蓑衣，平时与蒲篮筛子一起，闲挂在弄道的墙壁上，一到雨天，父亲就披挂整齐，拿着锄头去田里看护田埂。后来，蓑衣箬笠同众多竹器木器瓦罐陶钵一起不知所踪。

居有竹，是贤达如王徽之郑板桥的清致，平常山野人家，屋前屋后尽是松竹，取其材用而已，不觉得松竹如何清雅高贵。“断竹，续竹；飞土，逐肉。”先秦古歌《弹歌》写古越国的原始先民用竹子制弓箭射猎，也是取其材用，无关虚心劲节。

竹海风涛沙沙簌簌，住在其中的人即使贫穷，也是有福的。那时候，西窗下常坐着一个清瘦的少年，在竹语或者竹雨声中读书写作，吹口琴弹吉他，风雨动竹子摇，心穆穆如磐石，有着与年纪不相称的安静。之后因为修路，故居拆除了，家里择地新盖了一座二层小楼，周边有松无竹，楼上客厅是一道玻璃大门，父亲问门楣上刻什么字，我说就刻“松风竹雨”吧。

故居已成菜园，竹海还在，记忆还在。前几天去竹林中走了一遭，看见一株老竹上还刻着发小的名字。从前顽劣，常在竹子初生竹箨剥落时，用刀在竹子上刻画。竹长字也长，竹老字也老，竹子老到红黄老到木白，那拙笨的手迹竟然有了汉代干支五行骨签之味。

记忆是个很奇妙的东西，会自动筛除甄选，留下美好的事物。比如它会剔除夏天竹海中的花蚊子。花蚊子学名白纹伊蚊，像小型蜘蛛，形体肥硕，色深褐，布着银白的斑点，脚粗而长，毒性远大于普通蚊子。竹林中闷热潮湿，花蚊子极多，哪怕是从竹林中路过，也必会被叮出满头满身的疙瘩，奇痒，搔而越痒，花露水和风油精也奈何不得。若是叮到婴儿，其粉嫩的皮肤很可能会溃烂化脓，非得进村医疗室不可。花蚊子自然也登堂入室，白天藏在家中阴暗的角落里，傍晚闻到人气，纷纷乱飞哼哼觅食，往往撞到脸上。

除了夏天有蚊子，住在竹海中，竹风习习，吉祥止止。我曾为故居的书房取名松竹轩，也曾仿归有光忆项脊轩，写过一篇《松竹轩志》。

松与竹契若金兰，有松无竹，或者有竹无松，终有知音流落之憾。他年若改造庭院，当手植修竹数竿于其中。郑板桥曾把墨竹截成小段，做成窗棂，然后糊上皮纸，竹骨影影绰绰成天然竹画。这个也不难。

昨天在天柱山住了一夜。山庄卧于松林竹海之中，外墙以竹片包裹，房中衣挂是天然竹杈。清早起来站在走廊上，雨雾迷蒙湿人睫毛，涧底溪流泠泠然。在山庄后山独自走了一个多小时，仍未走出那片毛竹海。山庄名为卧龙，初见时想起《左传》里的一句话："深山大泽，实生龙蛇。"

今日春分，可食春菜。春菜以笋为极品，中午母亲做了一盘竹笋腊肉，一扫而光。肉是自家养的黑毛猪肉，腌在团团一个大瓦缸里，用咸菜叶拌和覆盖，可以一直保管到腊月。阴历三四月的腊肉，瘦肉红肥肉白，色是一流，香是一流，味是一流。笋非春笋，是从故居竹林中挖来的冬笋。一根春笋一竿竹，乡人是舍不得吃的，况且春笋味涩，吃了麻嘴。冬笋长不大，即使出了土也会枯萎朽烂，其味道更清香，也更脆更嫩，是天赐美肴。冬笋配腊肉，见素抱朴，食之思无邪。

竹令人清，清节虚心，清风徐徐，它的儿子竹笋也令人清，吃起来清香满齿，一肚子白玉。食笋习俗据说起自先秦，很古老了。《诗经》曰："其蔌维何？维笋及蒲。"又曰："瞻彼淇奥，绿竹猗猗。"数千年来，衍生成食笋文化。晋人戴凯著《竹谱》，宋僧人赞宁著《笋谱》，分别记载七八十种竹子及其笋子的不同风味。古今为竹笋赋诗作文写字绘画者无数，我记得的有三个人。一个是陆游，他吃江西猫头笋，作诗说"色如玉版猫头笋，味抵驼峰牛尾狸"。一个是吴昌硕，画《竹笋图》，题诗"客中虽有八珍尝，哪及山家野笋香"。另一个是梁实秋，他的《笋》文章这样写："春笋怎样做都好，煎炒煨炖，无不佳妙。油焖笋非春笋不可，而春笋季节不长，故罐头油焖笋一向颇受欢迎，惟近制多粗制滥造耳。"梁实秋出身还是太好，不懂冬笋之妙。

有一年山中访文友，吃到干竹笋煨肉片，竹有肉香，肉有竹香，至今念念萦怀，似可谓之"竹肉"。竹肉不是肉竹，肉竹是音乐，肉为人声，竹为管乐，品音乐，古人早就说过，"丝不如竹，竹不如肉"。

竹林中倒真的有竹肉，是生在腐朽竹鞭上的菌类，名曰竹菰、竹菇、竹蓐、竹笙、竹参或竹蘑菇。"生朽竹根节上，状如木耳，红色。"《本草》如是说；"大如弹丸，味如白鸡。"

《酉阳杂俎》如是说；“竹菇，竹间蕈也，小如钱，色如胭脂，雨后丛生，离离可爱，惟阳羡山中有之，他处所无。”清人陈维崧《丁香结》如是载。白树鸡又名白木耳，生于树上，也是菌类，状如白鸡，以白树鸡煮稀饭，名为白树鸡粥。竹肉不仅仅阳羡山中有之，有竹林处多有。吾乡有一个镇子叫菖蒲镇，沿河两岸多修竹，镇长启兵兄与竹农勘察竹林时，就采到了不少竹肉。并说竹肉煲汤，味极鲜美，说时舔嘴咋舌。还有一种竹肉如白伞，伞扇呈丝网状，如白蛇蜕皮，故居竹海中曾见过，乡人不识，当毒蘑菇一脚踢个稀巴烂，暴殄天物莫过如此。

竹有寿，竹苞松茂，日月悠长，最长可以活到一百年朝上。老死前有的开竹花，花小而白，有淡香，花谢结竹米。竹米即竹实，是竹子的种子，色青味馨，甜，状如麦，可以煮了当饭吃。世传凤凰“非梧桐不栖，非练实不食，非醴泉不饮”。练实即竹实，可知竹实的罕见和珍贵。史传常以竹子开花结果为凶兆，借之附会成篇推演乱世史。其实竹子开花也不是十分稀罕，年年有相关的新闻，我当记者时就曾经拍过照片，竹枝披散裂变如薏米的禾子，如水稻将熟。食竹实可以延年益寿。

天生异物，非异人不得食，食者也是天大的福气。容易做的是竹筒饭，伐新水竹截作竹筒，塞进糯米或香米，添加红豆绿豆和瘦肉肥肉丁各半，放在火堆上炙烤，待竹筒表面出汗，剖而手抓，抓而食，有仙家风度。

近世有人做竹酒。毛竹初长成时，以针筒将原浆酒注入竹节，一年后砍竹取酒，酒澄黄清冽，我喝过两回，不闻酒气只有竹香，薄醉时已是酩酊，竹味渗进骨头，飘飘然以为已经羽化。

竹多雅号，玉管、龙种，青士、君子，郁离、潇碧，也有叫碧虚郎和竹郎的。

郎骑竹马来。故园竹海中，也曾与三五黄毛丫头作骑竹之戏，如刀马旦花木兰穆桂英樊梨花跨竹嗒嗒嗒。可惜的是无青梅，不然竹海之忆，也多一份少年情。

竹子是草。

卷二

菜蔬帖

《清国京城市景风俗图》
（法）佚名　绘

葱蒜

如果给植物配对，我以为葱蒜是天生的夫妻相，至少，它们也是一对龙凤双生。佛家将葱、韭、薤、蒜、兴渠这五种植物列为忌物，统曰“五荤”或者“五辛”，以其刺激人的欲望，所谓“熟食发淫，生啖增恚”，均不得食用。修行者持戒的，往往正是平常人嗜好的，我就很喜欢食用葱、韭、薤、蒜这四种，尤其是葱蒜。兴渠产于西域，《明史·西域传》中记载西域小国沙鹿海牙“地生臭草，高尺余，叶如盖，煮其液成膏，即阿魏”。《酉阳杂俎》载：“阿魏，出伽阇那国，即北天竺也。伽阇那呼为形虞，亦出波斯国，波斯国呼为阿虞截。树长八九丈，皮色青黄，三月生叶，形似鼠耳，无花实。断其枝，汁出如饴，久乃坚凝，名阿魏。拂林国僧鸾所说同。摩伽陀国僧提婆言，取其汁和米豆屑，合成阿魏。”由二书所记可知，兴渠即阿魏。我不曾见过，据说其味如蒜，江南假如有的话，估计我也会嗜之如命。

春葱，常被人用来比喻女子的十指，又常用来比喻人的好年华，其色、形、香、味实在是很美妙的。最惹人怜惜，是春葱初出土，尖尖的软绿，望过去一地碧玉簪，叫人不忍心下手。耐不住馋虫撩拨还是下手了，小心地掐下一小把个头高的叶子，清亮的绿液流出来，像在喊疼，葱香已经顺着鼻孔钻进了心脾。回家煲蹄髈，开锅时，把切成戒指状的葱叶撒进去，绿星漫湖，平添人间几缕香。炖鸡蛋，放一小撮在蛋糊上面，端出锅，鸡蛋泡松金黄，葱叶纯绿如荷。炒饭，葱香沁入饭粒内部，如果早上吃，一天呼出的气息都香喷喷的。我从前掌厨好用葱，连炒白菜也放，固然是滥用，只因太喜欢葱香的缘故。作为香头，我以为葱是顶级尤物，连蒜也要稍逊几分的。

我还以为，春三四月的葱白炒腊肉是菜中极品。选一块半精半肥的腊肉，切成薄片，与切成寸段的葱白爆炒，半生不熟时取出锅，放在饭头上蒸熟。端出锅来，肥肉精精亮，瘦肉红艳艳，葱白皎皎如山月，那个香芬，恐怕我哪天进了棺材也不忘惦记。母亲烧饭用柴火，总有葱油从碗里溢出来渗到锅巴里，那葱油锅巴的滋味，也是我顽强生存于世间，与一切困厄斗争的理由之一。这并非全然说笑，人间若无美食，人若无需吃饭，必定过得不如地底下的饿鬼。

葱是轻倩玉女浣溪纱，蒜是英武儿郎控雕弓。

说说蒜。

读初中的时候，家离校十五里，冬晨天不亮就得起床。母亲总是提前几分钟起来给我做蒜叶炒饭（那时候葱还是葱种），偶尔还放一只鸡蛋，堆堆的一老海碗，既香且油，吃个闷饱。十三四岁的年纪正扯架子，吃别的东西容易饿，并且当时家里也实在没什么好东西，几块腊肉得留着待客，蒜叶炒饭算是高级食品了，父母是舍不得吃的。我没长成侏儒，应当有蒜的一份功劳。

后来在安庆城读书，每年学费、生活费将近两千块，对于当时困窘的家境，是一座山。父亲在家做农活，母亲专门在小镇的农贸市场贩菜，寒暑假我每天都做母亲的帮手。犹记寒冬腊月，靠着护城河的农贸市场里河风呼啸，蔬菜、鱼肉、鸡鸭、人群的混合气味熏人欲吐。母亲从菜商手中买进上百斤从地里刚刚扯起来满是泥浆的蒜，然后一根根剥去外面那层老皮，清除掉泥巴，捆成扎，再卖出去。一斤挣五分一毛的微薄利润，而我们的手，被冻得红肿如山芋，指甲灌满黑泥，手指手背全部皲裂，一碰就钻心地痛。有这一段经历，我对蒜一直充满感恩之情，并且在街头看见那些受到城管驱赶的菜农，必深抱同情。

蒜是平常物，做法全国各地也大致不差，还是说说吾乡的腌蒜头吧。腌蒜头属于泡菜，吾乡的腌蒜头本色天然，只放盐，全无韩式泡菜的花花肠子。把蒜头浸在腌菜坛里，密封坛口，倒扣于地，让其深吸地气，冬天时开坛，从盐水里捞出来就吃。黄、脆而微甜，是佐食的佳品，主妇都当作看家宝贝，遇到红白喜事才肯拿出来献客。有一年我二外婆家做喜事，酒喝得很长，后来桌上菜只剩残汤，她二女婿看见墙角有一只腌蒜头的坛子，就自作主张打开封口，捞出许多供一桌人佐酒。后来二外婆看见，心疼得嘴直咧咧。她并不是小气的人。过年去她家吃饭，她老人家还在念叨她的那一坛子腌蒜头，笑骂她那“砍头的”女婿糟蹋了她的好东西。“砍头的”，吾乡骂人俚语，含亲密意。

吾乡在南方，葱是小葱，蒜是小蒜，一如南方人，与北方人比型号要小不少。山东出大葱，也出大蒜，牛高马大如山东大汉，最长的葱蒜能长到两米多长，像旧时挑柴火一样捆成柴把，拦腰叉住挑着卖。人间一切物，都是此消彼长，生长速度极快的味与质必不佳，如南海水果，北方的葱蒜味道也就远不如江南。在北京吃烤鸭，美餐之余，唯一的遗憾是京葱不如故乡葱。那些散布在小城各个角落，来自北方做面食的人，也以为南方的葱蒜远胜北方。

写到这里，忽然想起吾乡的野蒜也值得一书。野蒜也叫山蒜，正经的名字是小蒜，原本应当来自西域，因为它最初叫胡蒜，而吾乡人称之为“老鸹蒜”。我幼时听大人说，老鸹也就是乌鸦喜欢吃这种野生的蒜，所以叫老鸹蒜。那时乡间乌鸦极多，不像如今全无踪影了。乡人传言乌鸦叫的地方要死人或者刚刚死了人，所以我们那一伙孩童极厌恶乌鸦，并迁怒于老鸹蒜，曾把屋前屋后地里的老鸹蒜拔个精光，拔出来不算，还把蒜头用石头捣个稀烂，略似挫骨扬灰。但记忆中，实在也从不曾见过乌鸦啄吃老鸹蒜，或许是有的，或许全是讹传。

我又猜想，这野蒜或许不像芫荽一样，是古人通过丝绸之路从西域传来，而是乌鸦叼来的种子，在本地生根发芽传播的，所以先人们才叫它老鸹蒜。老鸹蒜极清香，胜过家蒜十倍不止，略带土味，这是后来随驴友登山越水，中途野炊采野蒜作香头时才体味到的。

有野蒜，自然也有野葱，但只生长在西北。

安居在山明水秀的小城里，有一座单门独户的房子，朝南有一个小院，辟几块地，种一畦葱、一畦蒜，最好再种一畦菘，阳光很好的冬日，搬一把老藤椅面对菜地，晒太阳，打瞌睡，读闲书，看猫狗在葱蒜地里追逐打闹，这是我理想的居所，比林语堂在民国时说的“世界大同的理想生活”要简单多了。但现在不仅长安米贵，连偏远的小镇米也贵，所以仍然只是梦。倒是偶尔看见有人在阳台上用花钵栽一两盆葱蒜，老远望见，唏嘘叹曰：“真会过日子！”艳羡而已，从不曾效仿过，奔突的人生，只有把日子过成葱蒜滋味的想头，那份闲情到底是难有的。

晚菘

只要有人提到“大味必淡”这个词，我就会想到白菜，近似于条件反射。在造物者赐予人间的千百种可食之物里，以其价格而非价值论，白菜可能是排在序列最低处的吧。白菜很“菜”，然而正如路边草芥，因其存在的姿势已经低得不能再低，反而能够恒久。我相信，如果世间仅仅有一种菜蔬不会被厌弃，那必是白菜。

白菜像乡野村妇的名字，简单直白，但古人称之为“菘”，古雅得很。菘是一个形声字，从草，松声。当然也可以附会一下，说白菜有着松树的某些优秀品质，比如宁折不弯的气节之类，但已经与“菘”字无关了。

有一个典故是关于菘的：南朝宋国皇帝刘彧的臣子周颙，在始兴王刘濬宫中做官，刘濬很器重他，令其参军机，值殿省。周颙虽在官场，却有出世之心，他在钟山的西面筑了一个隐舍，假日里隐居其中，终日只吃蔬菜。有人问他以什么果腹，周颙说：“赤米，白盐，绿葵，紫蓼。”赤米是一种劣质的米，又叫桃花米；白盐好理解，白色的盐；绿葵，读汪曾祺先生的散文《葵·薤》，知道是冬苋菜；紫蓼应当是蓼莪，也即莪蒿，生在水边，嫩叶可吃，《诗经》中有以其为题的诗作。总之，周颙吃的这四样东西都是极贱的素食。当时的文惠太子也就是后来南齐短命的第三任皇帝萧昭业，也很好奇，就问周颙：“菜食何味最胜？”周颙回答说：“春初早韭，秋末晚菘。”

周颙是个大才子，《南齐书·周颙传》说他“言辞婉丽，工隶书，兼善老、易，长于佛理”，在当时有“名教”之誉。因其刚直，连以“惨毒”著称的刘彧也敬惮他几分。从其以上言语，也可略知其品格。他也是我们今天所用的汉语拼音四声调的发明者。周颙认为世上最好吃的东西，是初春的韭菜以及秋末的白菜，诚可谓知味者，我附议。初韭取其鲜嫩，与鸡蛋同煮，味极柔媚，到了阳春韭菜已老，食之如同嚼干草，筋筋绊绊的；晚菘取其肥美，与油盐同炒，味极清越，到了冬天被霜雪冻得皮打皱，并且添了微甜，吃起来就不再是那么回事了。

二十岁左右我初出学堂门，工余闲暇极多，而父母日夜耕耘于田亩，常年不得片刻余隙，妹妹已经出嫁，于是有好几年时间我自觉充当着家里的大厨角色。我最喜欢炒的就是白菜。秋末冬初的白菜，尤其是那种名叫上海青的白菜，叶碧绿，茎纯白，在萧瑟的田野里亮眼得很，如同在衰败的小镇上望见穿洁白连衣裙的清丽少女。捡最肥大的扯几棵回来，把叶子一瓣瓣掰下来用清水洗净，放砧板上分茎叶切碎，把灶下火烧旺，锅烧得见红，放入猪油（一定要猪油，色拉油炒的白菜味道总是有点隔），把菜茎先推进锅里猛炒，七成熟时再把菜叶推进去，三两分钟装盘，仍是叶绿茎白，明丽清爽，令人口舌生津。一道菜烧好，灶台、砧板、菜刀、手指清清爽爽，不像烧红烧肉，到处油乎乎的叫人恶心。做白菜如做人，清清白白，清清爽爽，本色本真就好。

近十几年父母以种菜卖菜为业，兴种的白菜品种，多是上海青、黄心白、甘蓝以及高脚白菜。甘蓝和黄心白城郊的农民兴种的少，也不好管理，所以比较好卖，价格也相对高些。虽然我以为上海青是白菜中的极品，但种的人多，连城里赋闲的老头老太也在护城河的沙滩上种一大片，因而极廉价难卖，主要是供应自家的餐桌。高脚白菜有点像鲁迅笔下细脚伶仃的“豆腐西施”，貌相不错，但纤维太多，吃起来木渣渣的，乡下人种它，是用来制作腌菜叶的。

从前乡下人家腌菜叶，是一件很郑重并且隆重的事。于阳光响亮的初冬，把田里的高脚白菜放倒，在溪流中洗净，摊在河滩或草堤上曝晒，尽量蒸发掉它内部的水分，傍晚时挑回家，堆在几只大而圆的蒲篮里，像小丘。左邻右舍的主妇知道某家晚上要腌菜，必然早早草草地扒几口饭，各自提一把菜刀一块砧板来到那户人家，十几个花花绿绿的女人围成一团或站成一排切菜，屋子里一片“丝丝丝”的切菜声，如春雨密织，我至今仍然认为那是一道很好看的风景。菜切好了，腌菜则完全是人家主妇的事情。但见主妇虔诚地跪在泥巴瓮子和泥坛子边上，先合十双手，闭上眼，口中念念有词，向分管此事的某某神祷告。然后把细碎的菜叶掺和着姜末，一层层装进瓮子和坛里，装一层放一层盐，最后在瓮口坛口压一层河卵石，盖上盖子。整个过程仿佛是一场修行，一种仪式。据说，如果不向神祷告，腌出来的菜就会发酸甚至发臭，至于那是哪路的神仙，我忘了。还据说，腌菜如同打麻将，有手气。

三五天后，腌菜叶就可以吃了。其上品，色翠绿（后来渐渐转成金黄色），味香软，下品则发黑、发酸、发臭。菜腌得好，对于主妇而言，是一件颇值得骄傲的事情。她总会用老海碗装堆堆的一碗，给那些来帮过忙的人家一家送一碗，收回一堆赞美。相反，菜腌得差的，会被人暗地里笑话。在过去的农村，纳鞋底以及腌菜叶，是评判妇人能干与否的硬性指标。我不会腌菜，但也知道腌菜是颇有些奥妙的，作品如人品，聪慧灵巧的女人才能腌出漂亮的白菜叶。

腌白菜叶可拌辣椒粉清炒，可做炒饭，最佳的吃法则是做腌菜煨豆腐火锅。把腌菜叶、豆腐丁、生姜、朝天椒、肉丝同煨，直到豆腐丁内部布满气孔，菜叶澄黄如同金屑，菜汁、姜汁、肉汁、辣椒汁，汁汁尽出，浓香几里路都闻得到。其味香芬扑鼻，软糯贴肠，吃相是胃大开、头冒汗，英武得很。腌菜煨豆腐是吾乡名菜，不知外乡有没有，没有尝过这道菜的人，我以为其人生是有缺憾的。

北瓜

南瓜是南瓜，北瓜也是南瓜。

故园木瓜冲以及远近的一大片地域，从前都把南瓜称作北瓜。后来出外求学打工做生意的多了，染了些摩登风气，回来不叫北瓜了，改叫南瓜。但村里那些上了岁数的人，大多像他们脸上的皱纹一样固执，仍然叫北瓜。我喜欢这些固执的老头儿老娘儿们，他们保持着在村庄里延续了世世代代而今已然颓丧了的某种珍贵的东西。所以我这里一仍其旧，所写的北瓜，其实是南瓜。

真正的北瓜也即笋瓜，我没有亲眼见到过，或者即使见过了，也只知道是瓜，而不知其是东西南北。有人说，东瓜（冬瓜）、南瓜、西瓜、北瓜的命名，是依据它们原产地所居方位来分的，牵强得很，估计是胡诌。即如这笋瓜，原产南美洲的智利、玻利维亚和阿根廷，并不居中国的北面，而是西南。查菜蔬图志，这笋瓜形如圆柱，表面有楞纹，很像西葫芦。这才想起似乎曾在小城的菜市场里见过，只是不知道是有人引进种植的，还是纯粹的外来成品。

还是说说自家的北瓜。

农家都喜欢兴种藤蔓类的蔬菜，像北瓜、葫芦、佛手瓜、月亮菜、刀豆、豇豆，等等。从经济学角度而言，它们有两个共同的优点，一是花果期很长，往往是从夏到秋，种了很划算；二是易于管理，一粒种子丢下去，见风就长。从精神层面而言，藤蔓常绿养眼，且有“绵长不尽”的吉祥寓意。《诗经·大雅·绵》就说：“绵绵瓜瓞。民之初生，自土沮漆。”江淮地区旧时农家新女婿上门，挑猪腿子和鲤鱼的箩筐上，也常贴有写着“瓜瓞绵绵”字样的四方形红纸，至今有些地方仍然延续着这一古老风俗。

藤蔓类蔬菜中，北瓜无疑又是其中的首选。因其产量高，一棵藤上往往结瓜二三十只，并且可作蔬菜，又可作粮食。古人说“大者曰瓜，小者曰瓞”，所以确切地说，瓞是蔬菜，瓜是粮食。

北瓜的瓞，木瓜冲人叫它北瓜头。黄花刚谢过，花蒂处就现出枣子大小的初生之瓞。幼年时，我喜欢站在瓜地里，用手指着数数。母亲总会加以阻止，说北瓜头不能用手去指，会惊动它们，导致夭落。不知道这算不算迷信，或者竟是有几分灵验，因为我手指碰过的瓜瓞，的确有些落掉了。

不几天，北瓜头就有婴儿拳头大小。再过几天看，就如成人的手掌，膨大的速度有些惊人。极娇嫩，手指甲轻轻一碰，表面就渗出汁水，让人联想到姑娘二八。这时已经可食用了。摘下来，切成细丝与辣椒同炒，或者打汤，味道均极鲜美。还可以切成指肚宽的窄片，掺入面粉，摊成薄饼状，放到锅里用油烤，名之为北瓜粑，软糯爽口得很，是至今令我难以忘怀的童年美食。

秋色深了，北瓜一个接一个地老了。捡那种表皮特别金黄，掂掂分量特别重的，用锅铲刮掉表皮，对切开，取出瓜子，然后切成薄片，放锅里煮成北瓜糊，甘甜如饴。在那糖特别金贵的年代，北瓜糊大可与之媲美，只是不经饿。撒入面粉，搅匀，做成北瓜粥，则可两全其美。

老了的北瓜蹲在地里，或者挂在地塝上，有一幅淡定慈善的模样，令人想到孕妇。老鼠常来作乱，啃出一个洞钻进去，把里面的北瓜子偷偷吃得一粒不剩。往往一只北瓜，从表面上看去好好的，里面却是空的，或者已经开始腐烂。受此启发，我和村里的发小，曾用小刀将北瓜切出一个口，掏出瓜瓤子，往里面屙一泡屎，然后原样封上。等到大人收回家，切开打算做北瓜糊时，才发现里面秽臭不堪。有一回，我们把戏法做到了村里的“茄子（疯子）”六花娘家的北瓜身上，惹得她一手拿菜刀一手拿鸡毛掸子，站在老程家的祖坟头上，边跺脚边叫骂，发茄发了一下午。

农家种北瓜，主要还是用来养猪。北瓜吃完了，猪的膘也肥了。往年，秋冬之季，家里的角角落落都堆满了北瓜。左邻右舍来呱蛋的人多了，搬来当凳子。坐北瓜而闲扯，有名士风度。

北瓜的瓜子，自然也是好东西，胜过葵花子。只是家里平素舍不得炒了吃，来了客，主妇才肯炒一点，用小瓷碟子装着，殷勤地倒进客人的贴身口袋里，以示“加敬”之意。小孩子这时也可得着一小把，香香嘴。

藠子葱

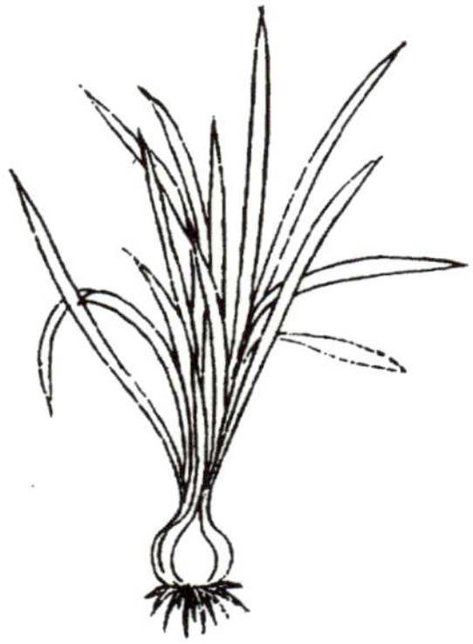

汉乐府里有一首挽歌叫《薤露》，词只有四句："薤上露，何易晞。露晞明朝更复落，人死一去何时归。"大意是：薤菜上的露水，多么容易干哪。露水干了明天早上还会重新落下，人死了这一去什么时候才能归来。

诗以薤起兴，以薤上的露水，比喻人生的短暂。想来，在出殡的路上，一边撒纸钱，一边唱这首薤露歌，是很能让人泪水飞泻的。我初见这首诗，联想到曹操的《短歌行》："对酒当歌，人生几何？譬如朝露，去日苦多。"曹操还以汉乐府旧题《薤露行》，写过一首论史的诗，起句是"惟汉廿二世，所任诚不良"。他儿子曹植也写过，但气象远逊乃父。

如五柳先生所言，我好读书（尤其是古籍）而不求甚解，遇见不识的字，不解的词，不懂的句子，有一多半时候懒得翻字典查资料，半猜半蒙地愣个几秒钟，也就把自己给糊弄过去了。不怕人笑话，薤这个字，我是一直念作韭的，并且还以为它就是韭菜（它们也确实是同宗）。

前些天，父亲从菜地里挖回几篮子"翘子葱"，剪去根须和枯叶，用水漂干净后，与红辣椒一起腌到坛坛罐罐里。这种蔬菜，我们乡下一直叫它"翘子葱"，至于这个"翘"是如何写的，我从未弄明白过。那天我一时兴起，请教喜欢读书并且对农书有些研究的父亲。父亲洗净手上的泥巴，把他那本使用了许多年早已残污不堪的字典找出来，翻到"薤"这一条给我看。

字典还是一九八〇年版的，上面的条目解释也很简单："薤，xiè，多年生草本植物，地下有鳞茎，花紫色，鳞茎和嫩叶可食。俗名藠（jiào）头。"这才发现自己何其荒谬。又终于明白，薤原来就是“翘子葱”，而这“翘子葱”原来又是“藠子葱”，乡人们叫得并不错，只是方言发音不准而已。

薤，或者藠子葱，乡间随处可见，我认识它的时间也差不多与我的年龄一样长。可是我敢断定，除了晴耕雨读的父亲，我们木瓜冲三千多号人，没有人认识“薤”和“藠”这两个字，也没有人知道，这种植物的俗名其实是“藠子葱”。父亲虽然不知道《薤露》和《薤露行》（我知道，也不过同孔乙己会写四种茴香豆的茴字一般），但他的学问，常常让我这个所谓的作家惊诧和羞愧。

不认识也就不认识，并不影响藠子葱的生长，在木瓜冲的地片上，它已经子子孙孙繁衍了不知几百几千年。乡人多把它栽在菜地边上，或者不成样子的拐落里，然后就几乎将它忘掉，任其干旱霜冻，荒草覆盖，可怜兮兮地沾一些本是供给其他作物的肥料，很有些听凭其自生自灭的意思。在宴请贵客的大席上，乃至平日的家常饭桌上，藠子葱也从来不是主角，腌制后，与腌辣椒一起过一下锅，放些香油，用小瓷碟装了，放在桌子拐上，作小菜。

然而小菜如小妾，往往比鸡鸭鱼肉、茄子豌豆这些正室，更得食客的钟爱。在乡下，诸如抓周、结婚、乔迁、老人故去这些讲究排场的席面上，腌制的藠子葱、襄荷、豇豆、韭菜、黄瓜这些农家小菜，是大菜轮番上场之后用来下饭的压轴戏，是一点也含糊不得的。评价宴席是否高档正规，除了说说羊肉火锅是否正宗，红烧肉是否地道，必定要说说藠子葱这些小菜是否精良。过去评价农家主妇是否心灵手巧，腌小菜以及做布鞋的手艺，是两项最主要的考核指标。比如说某某家某某人屋里的，腌的藠子葱酸得让人尿淌，那必是鄙夷她的蠢笨；如果说腌制的藠子葱脆生生甜灌灌的，定是夸她贤良能干。

藠子葱在我们那块儿，都是腌着吃，取其脆、香以及甘甜。查食谱，比我们更南的南方人，那些好吃佬把藠子葱做出了百般花样，藠头炒腊肉、藠头炒肚片、糖醋藠头、生拌藠头、藠头回锅肉，乃至用来包包子，做藠白粥，我估摸着，是把藠子葱当洋葱来料理的。我大多没有品尝过，大概味道不过尔尔，因为刚出土的藠子葱炒青椒母亲是做过的，其味寡淡，且有股子腥膻气。

薤上露，存在的时间非常短暂。可是薤或者藠子葱这种蔬菜，却是很古老的，其名字载入典籍，最早见于《黄帝内经·素问》。而在此书之前，它必然早已旺盛地生长在大地之上，开着伞状的紫色小花，羞人答答。

月亮菜

扁豆扁扁弯弯，像初七八的明月，我的乡人因此叫它月亮菜，它的本名倒被忽略。我也这样叫了许多年，后来查了植物图鉴才知道月亮菜就是扁豆。月亮菜这个名字好，比它的本名形象生动，也富有情调许多，让人自然而然地联想到“豆棚瓜架雨如丝”这南方村庄里的凡常景致，住在乡下时，望一眼便觉现世安好，离开后往往想念，尤其是在雨浥轻尘的夏天。

月亮菜和丝瓜、南瓜一样，都是极好养的。在拐拐落落里随便点一棵，施够肥，从此不用管它，风一吹，自会藤藤蔓蔓，攀篱挂壁，牵延无穷尽。花期和结实期又很长，从夏初到秋末，瓜瓞绵绵，跨度差不多是两个季节，是懒汉惰妇都能养好的菜蔬。农家一年到头都忙，耘田耕地回来，尤其是早上和中午，根本没有心思精心烹制菜肴，月亮菜正好帮上了大忙。灶已经点燃了，锅快要烧红了，主妇不慌不忙走到月亮菜藤架下，摘下一把，掐头去尾，放砧板上切丝切片，推到锅里爆炒，三几下就是一道脆碧清香的好菜。所以故土木瓜冲的乡人们，家家种月亮菜。

乡邻们种月亮菜，多是三几棵，我的父母却是用大田搭架子种一大片。这个季节，每天下午三四点，他们都要拎着篮子去摘菜，盛产期往往要摘到天黑，第二天送到农贸市场零星散卖。月亮菜才上市时，能卖到四五块钱一斤，后来两块左右，一季下来，也有几千块钱的收入，只是辛苦得很。有十多年了吧，父母一直靠种菜维持生计，父亲会种，母亲会卖，小城饭店酒楼的采买以及家庭主妇，都喜欢父母种的腌的菜。在饭店吃饭，老板娘有时会跟我说：“你是木瓜冲种菜的老储家的儿子吧，你家的菜好！”我听了，便觉得欢喜。

这个时候家里的饭桌上总有月亮菜。有时是与红辣椒切丝爆炒，夹一筷子搁在饭头上，红配绿，看不足，清香若隐若现，勾人食欲。有时是与青辣椒切成片，炒后清炖，软糯得很，佐饭颇佳，那炖出来的天然菜汤，用来淘饭或者泡锅巴，更是上乘。月亮菜肯定还有很多种做法，只是不为我所知。母亲是个实诚人，做菜不会变花样，几十年如一日，做月亮菜不是切丝就是切片，而且必然与辣椒相配，从没有把月亮菜做出东坡肘子味道的念头。懒散如我，更是十好几年没烧过饭了，什么菜都不会做。但母亲烧的菜是地道的山区农家风味，对于我来说，更是家的味道，在家里吃饭，总会吃得闷饱才肯罢休。

有一年秋天去西边一个叫河图的乡镇公干，长了些见识。在镇上食堂的餐桌上，摆着三只火锅，其中一只火锅名曰“月亮菜煨毛鱼”。月亮菜本来是不适宜于煨的，因为容易烂成糊。而毛鱼，在我的见识里，更是极忌讳水煮，一沾水就腥得让人捂鼻子，通常都是油炸了拌辣椒粉，或者与青辣椒一齐炸了，就上桌的。可是那个地方，偏偏有这道“月亮菜煨毛鱼”，而且还是当地名菜。说实在话，一进食堂的门，那腥味便熏得我胃里泛酸水，及至坐到桌上，更是不敢朝那道名菜下箸。见到当地人吃得津津有味，我忍不住偷偷皱眉头。三里不同风，五里不同俗，我当时真是很佩服河图人这般茹腥嗜烂的勇气，当然，也佩服他们在饮食方面的创新精神。

月亮菜在乡下随处可见，城里住火柴盒子的普通人家，自然是没有地方可种的。但人的创新精神毕竟是无处不在的。以前住的房子对面三楼一户人家，有一年就在阳台上种了一棵，青翠的藤条爬满了他们家的铁质防盗窗，硬是把只有乡间才有的“满架秋风扁豆花”的景致，搬到了城里来。坐在家中，见那满窗绿藤上，一只只碧莹莹的小月亮在阳光或者月色下泛着银光，很是羡慕。记得我曾专门为那棵月亮菜写了篇文章，名字就叫作《一千只月亮挂在藤上》。我还记得冬初的时候，藤蔓已经枯萎，还有些干瘪的月亮菜荚大约是留作种子的缘故没有摘下来，静夜里北风一吹，菜荚摇动，齐齐鸣唱，有风铃的韵致。

萝卜

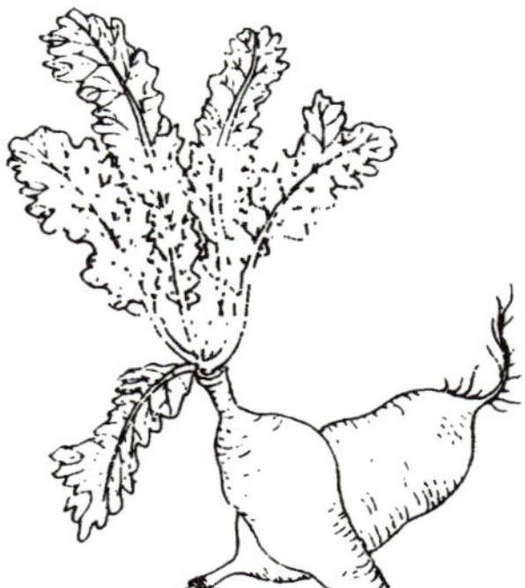

在小饭馆里吃到萝卜煨猪肉，萝卜切成半寸厚的墩子，大块的方肉（吾乡人形象地谓之为“斧脑肉”）半精连着半肥，在火锅里咕嘟嘟煨一通后，萝卜里有了肉味，肉里有了萝卜味，极合胃口。不觉吞饭三大碗，辘辘饥肠得以安妥，冬日寒苦减了八分，皱巴巴的眉眼也舒展了许多，于是念起萝卜的好来。

念起萝卜，就自然地想起一首童谣：“萝卜萝卜缨子，某某是我孙子；萝卜萝卜杪子，我是某某老子。”髫年时，乡间流传着不少小孩子就地取材自创的童谣，如今多已忘记，这一首《萝卜缨子》却记得十分清晰。因为有趣而绕口，念（其实是骂）得不好，不是自己成了人家的孙子，就是人家成了自己的老子，惹人哄笑。还因为极合用，可以把“某某”换成任何一个人的名字，群起而攻之，翻来覆去地骂，听起来像唱歌。旧时乡野虽然鄙俗，却并不流行国骂，称自己是别人的老子或娘，已经是很侮辱了，遇到弱的，对方啼号一番也就罢了，若是遇到强的，非得干起架来不可。

似乎是二十世纪八十年代末，有人发明了“萝卜赛水果”这一说法，而且很风行。萝卜是很营养，富含这酸那素的，但是否赛过水果，毕竟是值得商榷的。吾乡几乎不产水果，偶尔能见到寥寥几树枣和酸梨，数棵品相和口味都很劣的葡萄，西瓜、苹果、雪梨、柑橘、香蕉、龙眼、荔枝这些一概没有。其时街市上有卖西瓜、苹果、梨子、橘子的，专供城里的阔佬们，乡野之人无故是不敢问津的。所以有水果吃乃至吃过水果，对于孩童而言是件颇荣耀的事。我记得有一年母亲咳嗽一月仍不见好，在医生的叮咛下，狠心买了三只黄梨，用来炖冰糖水止咳，梨放在手提篾篮子里，原本是用包头巾盖着的，不料被西北风吹起一角，露出里面的珍奇来，于是七八个拖着鼻涕的孩子（我和我妹妹也夹在中间），嘴角流着涎水可怜巴巴地跟着她，从半里外的菜园地一直跟到屋里来。母亲无奈，只好一人切一块比扑克牌厚不了多少的薄片，才将一班馋虫打发出去。萝卜是有得吃的，秋冬的田里地里到处都是，谁要是想吃，无论到哪家田地里都可以随手拔几个，蹲在田地边上啃得满地萝卜皮都没人过问。所以我以为，在当时第一个说“萝卜赛水果”这话的人，不是吃厌了水果的人，就是无水果可吃的人。前者略似“何不食肉糜”的司马衷，后者则好比是未庄的阿Q。

吾乡原只有白萝卜，胡萝卜的引进种植是后来的事，青萝卜和水果萝卜至今依然完全是外运。白萝卜当然有很多品种，最好吃的莫过于那种圆滚滚的土著品种“春不老”，生吃脆而甜，熟吃甜而软，那种后来引进的名为“系马桩”的萝卜，长粗滚圆几可系马，产量高但味道逊色了许多。当然要秋冬的萝卜才可口，夏萝卜类似于木头，无论生食熟食都干涩辛辣得难以下咽。最好吃的则一定是经霜过后，萝卜缨子被冻得蔫头耷脑，埋在土里的萝卜却如雪梨一般，鲜甜脆爽，咬一口口舌生津。

七八岁的时候，寒冬的礼拜天也是不得闲的，要上山砍柴火。我记得有一天正午时分，我和只比我“小一萝卜皮”的发小国辉，各自背一捆柴趔趄着往家赶，既渴且饿。恰巧在半山坡上望见一块萝卜地，土被冻得蓬松起来，萝卜有一半露在土面上。于是两人放下柴捆，一屁股坐到地沟里，拔起萝卜用袖子揩揩泥张嘴就啃，直到啃得地沟里全是白生生的皮，半个脸黑乎乎沾满泥巴和萝卜碎屑，连打呃都是萝卜味才满意。那味道今日想来，恰如清人吴其濬在《植物名实图考》中所说的“琼瑶一片，嚼如冷雪”，当真是比水果美妙得多了。而冬阳下笑嘻嘻相对而坐，举萝卜而咔嚓大嚼，也成为此后我和远在无锡的国辉偶尔相见时必要提起的典故。

萝卜是贱物，即使在乡野也是待客菜中的陪衬。幼稚时村庄里所有人家一样穷，秋冬餐桌上几乎餐餐有炒萝卜、煮萝卜、煨萝卜、腌萝卜、萝卜骼儿（晒干缩成耳朵状的萝卜条），真正是环保食品，因为连油星子也难以觅到几点，吃多了，闻到萝卜味道就皱眉头。但若是在萝卜里加几片肉，则另当别论，哪怕是加几块肥肉片也是好的，可惜父母难得慷慨一回。我祖父生前吃饭时经常说一句话：“肉是好东西，哪怕是干稻草，加两片肉炒也喷香的。”大约是出身使然，我至今仍然认为，猪肉烧萝卜是人间大美之味。

茄子

吾乡骂人“茄子炒大椒——越吃越孬”，骂人“茄子、茄货、发茄、茄鳖、茄能、茄相、茄头茄脑……”还有捎带上器官的极粗俗的，在这里不方便谈。以“茄”代“疯”，我在别处从未听过，估计是乡人的原创。只是我一直不曾弄明白，茄子与疯子到底有什么干系，也不明白茄子炒大椒为什么会越吃越孬。

国有大气的“国骂”，京有饶舌的“京骂”，小地方自然也有村气的“乡骂”。研究某一地的方言，我以为“乡骂”是一个很好的切入点，也是一个不应当被忽略的角度。似乎可以这么说，“乡骂”是区域民间集体智慧的体现之一种，能娴熟掌握并灵活运用当地的“乡骂”，其方言也就学得差不多了。扯远了，下回专门就此题写篇文章，现在还是回到茄子。

中午吃母亲烧的茄子炒辣椒，忽然想起与茄子有关的“乡骂”，并忆起幼时村里的六花娘“发茄”的情形。一时禁不住，真的喷饭了，引父母和小儿骇异。我强吞已经涌到喉结的爆笑，想借打喷嚏勉强掩饰过去，岂料辣椒冲进鼻孔，被呛了个七荤八素。可见人不要说邪念、恶念、非分念，就是连不正经念也是不可有的，有必遭谴。不过人总是好了伤疤立即忘了痛，譬如我现在既无辣椒呛鼻之忧，觉得六花娘“发茄”的情形还是颇值得一说。

村子里早先有好几个“茄子”，以六花娘为最。鸡窝里的鸡蛋少了一只，地里的白菜少了一棵，六花被邻家的孩子欺负了，与邻居因为针头线脑的事发生了小摩擦之类（当然这些多是“茄子”的臆想），六花娘必然要发一回茄。其“茄相”，先是在屋里披头散发，诅天咒地，操切菜的雪亮排刀把砧板剁一片子响。继而冲到三岔路口，叉腰问候某人祖宗十八代。终是不过瘾，最后一手执鸡毛扫帚，一手持排刀，冲上某座坟茔，一边恶毒地咒骂，一边脚踩坟沟、刀劈坟草、帚扫坟头，如是往复，无穷无尽。往往从上午一直折腾到傍晚，才歇工回去烧晚饭。孩提时代，农村生活极困苦也极枯燥，大人小孩都把这当村戏看，算是不定期上演的娱乐节目，其间关于六花娘的酸辛悲凉也就被忽略了。

六花娘如今与六花一起住在县城里，日子安乐，面容静穆如老修女，将近二十年没有“发茄”了。

江浙引进的茄子，不知是不是当地的老品种。细细长长，静女其姝，朋友送我一些，母亲不忍心下刀，有持刀向佛的歉疚，吃起来味道倒是蛮好。本土的茄子，正如宋人郑清之诗里所说，“青紫皮肤类宰官，光圆头脑作僧看”，丰腴圆滚，色不如人，却是吃得心安理得。从前我少嫩，父母忙于农活，我充厨男多年，每天烧中晚两顿饭，做得一手原汁原味的寻常菜蔬。豆丁茄，切丝茄，清炖茄，肉末茄，凉拌茄……厨技一度赶超母亲，甚至突发奇想，用茄子烧过一回汤，结果是喂了猪。向饭店大厨讨教，才知本土茄子味涩，根本做不了汤。

而今好吃懒做，许多年不曾动过菜刀锅铲了。古今文人，除了作品，颇有不少以厨艺自诩者，坡翁、随园老人、梁实秋、王世襄、林斤澜、汪曾祺等都是。他们的文章自是国色，厨艺也让我自愧弗如。学着他们操练厨艺？还是老了再说吧，不想做的事都不妨等到归田园望南山之时。

以我从前的经验，烧茄子，切好以后入锅之前，顶紧要的是要漂水，否则不单滞涩难吃，菜相也黑软难看。但近日闲翻书，听人唠叨说烧茄子千万不可浸泡漂水，说茄子中的营养成分被浪费了云云。在这个信息多如竹林蚊蚋的时代，任何一种观点几乎总有正反两方公开地或者暗地里辩论，公婆纷争，针锋相对，真理似乎不是越辩越明，而是越辩越让人糊涂。即如茄子该漂水与否这样于国计民生无甚痛痒的些许小事，也有人争得面红耳赤，让人无所措手足。

天下本无事，庸人自扰之，这也算得此类现象之一种吧。且不去理会，本土的茄子还是本土的烧法为上策，土菜正因其土法兴种、土法烹制，才叫人恋恋萦怀。况且，持漂水论者烧的是原种茄子，持不漂论者烧的是江浙的落苏（吴语中的茄子），也未可知，类似鸡同鸭讲。

乡音民风，五里不同，饭菜烹调，各有其特色妙处。何况平民衣饭，本色就好，制法优劣的争执甚是无谓。至于《红楼梦》中凤姐向刘姥姥夸示的贵胄人家茄鲞的复杂烧法，固然是一等色香，上佳美肴，然而暴殄天物以供蠢肠，也是莫大罪过。

园中新摘的茄子是香的，掰掉茄蒂细闻，略带甜味的清香有点像青苹果。髫龄时几乎无任何零食可吃，嘴又极馋，想象它们就是一树树苹果，曾经生吃过，并不怎么好吃，不如生番茄。但茄生园中，青青紫紫，官袍加身，如满朝臣工，望之倒是一团富贵太平气象。

黄瓜

齐白石墨迹里的黄瓜，胖大如孕，弯直相间，见了让人心生俗世欢喜。只惜光滑无刺，根根像短粗的丝瓜，与我髫龄时所熟见的木瓜冲的黄瓜到底有些不同。

大约二十五岁以前，我都不爱吃黄瓜。凉拌的，切丝的，切片的，清炖的，烧汤的，腌渍的，脆的，软的，半生不熟的，一概不想动筷子。憎恶那个味。三四岁时在外婆家，一群皮孩子偷摘黄瓜生吃，我也摘了一根，学着他们的样子用衣角揩掉毛刺就张嘴贪婪大嚼，黄瓜特有的青气顿时布满口腔和肠胃，吐得连肠子都出来了。这或许就是我厌恶黄瓜的缘起。

黄瓜是喂鸭子的，我一直都这么认为。七八岁时，我养了一群麻鸭子。夏日每天放学后，我不是去稻田里钓青蛙喂它们，就是把黄瓜切成丁招呼它们争抢。切黄瓜与抓青蛙，手上都会遗留怪异的味道，一个是青酸味，一个是腐臭味，虽然不同，我闻着都恶心，嘴里泛酸水。但腌鸭蛋好吃，鸭子更是可爱的朋友，听到我的声音就嘎嘎嘎嘎蜂拥围过来，在它们中间，我像骄傲的王。当王首先得当奴仆，这是我喂鸭子明白的一点事理。

那时夏季的早饭，半是菜，半是面食。父母大清早就下地干活，临走时，把黄瓜或者四季豆或者马铃薯切半锅，锅边贴一溜发过酵的面粉，谓之“锅边溜”，往灶笼里塞满柴就扛着锄头去了田地里，日升三竿回到家，掀开锅盖就可以吃。“锅边溜”形如鸭舌帽，上面泡松下面焦黄，喷香可口，只是煮得稀烂如泥的黄瓜实在让我无法下咽。农家的孩子本是无权挑食的，但我实在讨厌此物。

在夏季，菜园子也是昆虫的世界，它们多半以菜或叶或汁为食。最常见的是蚜虫，从根部到茎到叶片，它们密密麻麻不分日夜地啜饮汁液。清晨或者黄昏，母亲经常命我拎一箢箕草木灰去菜园杀虫。四季豆撒了，黄豆撒了，丝瓜撒了，豇豆撒了，故意漏掉黄瓜。巴心巴肝希望虫子把黄瓜吃干净才好。何况黄瓜的叶子和茎秆上全是白毛，黄瓜身上也生满了生冷的青刺，碰到手臂上都痒得很。

不知哪一天突然不是很拒绝了，也许是马齿渐增，舌苔渐厚，也许是人生寡淡，需要刺激。先是城里的饭店流行起酱沾黄瓜，大棚培植的，一色青皮，水滑无刺，内里翠碧，身段如古玉，好看，关键是黄瓜之味几乎是荡然无存了，此黄瓜已非彼黄瓜了。棚生的菜蔬就像南方的水果，貌有参差媸妍，色有红绿黄紫，其味皆如水沥。后来又流行凉拌拍黄瓜，酱油酸醋姜蒜中浸泡，搛而食，自以为如同吃海鲜，有生猛之气。再后来，吃母亲用红辣椒丝炒的本土黄瓜丝，大得天然真趣，感慨风物到底是旧的好。末了味蕾终于刁钻起来，尤其爱那初霜时瓜架上硕果仅存的黄瓜，其苍翠，其脆嫩，得天地之神秀。由黄瓜可知，犟牛似我，也是可以改造的。

女人拿黄瓜片往脸上贴并且蔚然成风，不过是近岁的事，我非女，效用如何不好臧否，但想来温性的黄瓜于肌肤无害，除非温室种的有药剂残留的黄瓜。医者意也，何况药食同源，黄瓜贴脸贴出水龄肌，想来也是完全有可能的吧。女人为了美，注射毒素也在所不辞，其壮烈赴难之志，可堪一叹。

忽然忆念起黄瓜娘。黄瓜也是有娘的，它们的娘就是黄瓜种。采摘时留下几根胖大有福相的，待其自然老熟，直至体态丰腴，面色酡红，剖而取籽，混以草木灰，做成饼状，贴在墙上任其风干，第二年应季播于泥土。想起祖父在世时每每点瓜种豆，嘴里必念“瓜瓞绵绵万万年”之类。

只是吾乡木瓜冲的黄瓜，也非昔日的土品种了，青青园中蔬，都是新技术应用的成果。十余万万人的胃如虎狼之师，这也完全是无可奈何的事。守旧如我的父母，也一边感叹味不同昔，一边在田园里除旧布新。

新常用以修饰气象，旧则谓之情结。纠结黄瓜新旧品种的人，估计是有情结无气象吧。

豌豆

豌豆初生如碧玉刀，长大了像手枪弹夹。这段大片看多了，瞅什么都有兵气，以至长恨年齿渐老，假若国有外战，我已扛不动刀枪，不能浴血疆场奋勇杀敌，只能在后方摇摇笔杆子擂擂战鼓了。我年少时做过很长一段时间的英雄梦，梦想着有朝一日上马击狂虏，下马草露布，保家卫国，马革裹尸而还，青史留下一个姓名。已矣，时间是一把无影剑，许多梦都被砍得面目全非。

母亲这几日每天中午做豌豆饭，豌豆米、糯米、腊肉丁与盐同焖，饭白，肉黄，豆绿，看起来美艳若大唐宫妆，吃起来更是满嘴柔软鲜香。依旧是从前的颜色和滋味，一家子围着小方桌，吃得心满意足。母亲是个实诚人，她做的饭菜从刀工到火候再到味道，几十年来从不曾有过丝毫改变，她也从未想过要改变什么。挺好的，世事如棋局，变幻莫测，不变的事物总是叫人惦记。顺便说一句：豌豆饭的锅巴，用灶火的余温烤到焦黄，是天底下最好吃的锅巴。

乡人叫豌豆为安豆，从前我以为是方言，后来才知道是一物二名。都是好名字，豌豆听来温婉，想到翡翠；安豆听来心安，想到母亲。豌豆还有好几个别名，雪豆、毕豆、寒豆、冷豆、麦豆、麦豌豆，等等，连起来叫，像旧时乡间大户人家的母亲早晨喊一群儿女起床。名字固然乡气，不过叫人踏实。还有一种软荚豌豆，一张青皮里面的豆粒永远长大不，据说是荷兰人带到中国的，所以叫荷兰豆，以前只在上档次的饭店里见到，算是稀罕菜，这几年吾乡也开始零星种植了，母亲也在菜园里种了一些。油爆荷兰豆，清香甜脆，味道甚佳，只是我每次吃的时候，总是古怪地联想到婴儿。

母亲当然也用嫩豌豆做汤，阔面大白瓷盆里，几百颗绿珠子安静地潜伏，蛋花荡漾，葱花浮动，我以为隐隐有风云之气。呼哧哧倒进肚子里，自我感觉满腹锦绣。仿一句古人的诗：日啖豌豆三百颗，不辞长做闾阎人。

以上文字是去岁春天写的，写到这里文思枯涩，半途而废了。以前写文章，常有率尔操觚有头无尾的半成品，无一不被我无情地删除了，这半篇不知何故竟然苟活下来，或许是舍不得吧。前些天一位同事在朋友圈里说："小女儿说，这个房子里住着四颗豌豆。"儿童稚语，以豆喻人，真是极好，于是想起我的这半颗豌豆，翻出来接着写。

即使在冬季，哪怕是路边的小饭馆，也有保鲜豌豆可吃，豌豆肉丁、火腿肠炒豌豆、豌豆鸡蛋汤之类，无法下箸，皱着眉头搛几颗，嚼两口仍不免要吐出来。其味如塑料，如名妓老了当老鸨，豌豆的美好味道与风神是一息不存了。不免怀念春天。

我年少时在外读书的那几年，父亲在大田里种了好些豌豆，到菜市场去换一些钱供我吃穿学用。每年寒假正是点豆季节，我或者在家帮父亲种菜，或者去农贸市场协助母亲卖菜，农家的孩子念点书自古不易。父亲种菜是很用心的，比我在纸上种字要精心得多，豌豆又极娇贵，不像青菜萝卜可以粗放些。从幼苗开始，父亲就砍水竹搭架子，然后把豌豆藤一根根往架子上引，到得第二年春暖花开，豌豆开花结荚，一眼望过去，一大片天然的翠色是很养眼的。豌豆上市时节，父母每天清早四五点就下田摘豌豆，赶到县城的菜市场去占摊位，开秤时，豌豆上的白露仍未晞。父亲那些年每个月总要给我写一两封信，详细述说家里的农事及其他。一是与我交流他内心的所思所想，他的一生其实都是寂寞的；一是告诉我稼事辛劳，人不能忘本。其中就有两三封写到种豌豆、摘豌豆、卖豌豆的。那些信的末尾大都是："某年某月某日凌晨一点于西厢房，父笔。"他自己在年历记事栏里，则记下每日采摘豌豆若干斤得钱若干元。想起二十多年前的往事，我是要感谢豌豆的。

这些年，乡村改变的速度超过了乡人的想象。修公路，建高速，盖新房，搭厂房，田地之上长满了钢筋水泥这种怪异的东西，剩下的也大多抛荒了，每次望见，心就像被人揪着，忍不住要做杞人忧。转念一想，一个乡村和土地最早的叛离者，又有什么资格矫情如此呢。只有老父老母还在坚持着春耕夏耘，像最后的麦田守望者。昨天我去离家两里外的菜园子，看见一大片豌豆苗蹲在泥土上，静如处子，储蓄着生长的力量，它们让我感到安稳。而人间诸多事，实在是轻飘如梦境。

丝瓜

我有意写一篇《丝瓜》，起念很久了，动手时总觉得有群鬼缚手，无处着笔。小小丝瓜盈盈一握，落于纸上，无非其形其貌如何，其色其味又如何，三言两语足以概之，况且注定要落入窠臼。文章文章，我以为“文”者学识，“章”者文采，既不“文”又不“章”，不如不写。不写也罢，然而每次见到丝瓜悬于棚架，静女其姝自妩媚，或者喝了母亲做的丝瓜汤，片片绿玉浪里翻，又勾起旧念，技痒痒不能耐。如此如此，架上的丝瓜开花打蒂已经数度了，我的一篇《丝瓜》到底没写成。作文章的确是要才气的，像苏东坡、张岱、周作人、林语堂、汪曾祺诸前贤，见物起意，随袖拈来即是好文章的功夫，岂是轻易修得的？

某天读到一则典故：西晋木华作那篇流芳百世的《海赋》，铺排数句后，突然文思枯涩，不知如何续笔。有人点他的眼：“尔何不于海之上下四旁言之？”木华闻之，如武陵人初见桃花源，胸次豁然开朗，奋笔疾书海上海下，状摹海之四围，洋洋《海赋》遂成。后来读陶庵，发现其诸多得意之作尤其是《岱志》《海志》《西湖梦寻》也是于山海湖之上下四旁言之。愚鲁如我，于是也略有所悟：写丝瓜，何不学学木华和陶庵的大而广之、曲径通幽？于是再写丝瓜。

丝瓜，吾乡旧有之，芊芊郁郁于豆棚之上，玲珑毓秀于瓜架之下，是昔日农村再也寻常不过的场景。年少不识风景，梯田叠翠，阡陌逶迤，犬吠深巷，鸡鸣桑颠，不单见惯无奇，甚至以为土得可憎，穷得可厌，只想从那里逃离，越远越好。而今田园非昨人将老，中夜念之，唏嘘怅惘，时起林下之思。所幸门前还有菜园，园里总还有一架丝瓜。丝者，思也，望一望，可以聊慰情怀。

吾乡土语，称丝瓜作“满瓜”，至今父母一辈人仍这么叫。我跟着满瓜长满瓜短说了许多年，有一天突然奇怪为什么叫满瓜。丝瓜原产印度，而不是起源于东北满洲氏族；丝瓜秀长软弱，也与盆满钵满这吉祥之“满”无甚干系。思来想去，突然醒悟，也许并不是“满瓜”，而是“蔓瓜”。丝瓜藤蔓牵延，夏秋繁衍无尽，叫蔓瓜十分合适。可转念一想，冬瓜、葫芦、瓜蒌、佛手这些同样藤藤蔓蔓，瓜瓞绵绵，它们为什么不叫蔓瓜？存疑，哪天回家专门请教父亲。父亲种了一生的菜，是个中的行家里手，又嗜学，他应当知道其间的掌故。

豆棚瓜架雨如丝，想起来或者看上去，都很美，只是太过文艺腔。乡里人种丝瓜，到底并不是为了赏个景的，那不过是一道菜而已。很现实，也很踏实。丝瓜做法很多，炒肉、炒蛋、炒木耳，更有甚者学《红楼梦》乌衣巷口人家，加鸡汁、干贝、鲑鱼之类蒸、炖、煲，我以为都是旁门左道。丝瓜做菜唯有一法耳，那就是丝瓜蛋汤，最易做也最得其风味，其他烹饪手段都是炫技而且离题太远。

我现在很喜欢喝丝瓜汤，仅限于母亲做的。我懒得很，许多年未曾下厨了，饭店里烧的丝瓜汤又寡淡如温吞水，令人眉皱胃翻。母亲烧的菜并没有值得夸耀的显著特色，但有日子的本真原色滋味。盛一碗丝瓜汤，清碧照影，小葱点缀，蛋花浮动，再铲一块锅巴，白里黄底，嘎嘣干脆，焦香满齿，二者对食，可消万古愁恨。

但从前我很有一段时间拒绝丝瓜汤，原因是十来岁的时候，邻屋润香极严肃地跟我说：“秋天的满瓜不能吃，吃了会掉头毛。”我一生下来就黄发稀拉，至今更是日渐草盛豆苗稀，平生极羡慕别人有一头生猛黑发，自然也极珍惜顶上一撮毛。听她这么一说，别说秋丝瓜，就是夏丝瓜也敬而远之了，从此远离丝瓜好多年。秋丝瓜吃了是不是真的掉头发，我到现在也没有查清楚，当然也没有必要了，韶年已过，容颜渐苍，也不用再像年少时天天打摩丝去勾哪个姑娘的芳心了，掉头发就掉头发吧，大不了老了努力做个可爱的带反光镜的老头。

丝瓜籽是极苦的东西，幼年时我领教过。那时嘴馋，也实在没有零食可吃。冬天里烤火，把装雪花膏的铁盒子当作烤箱，把从屋前屋后菜园子里寻来的零星作物种子放进去，搁炉火上烤着吃。葫芦籽最佳，既香且大，南瓜子、月亮菜籽次之，最次的就是丝瓜籽，苦得让人吐胆，从此再也不敢下手。秋冬时，未收的丝瓜干瘪成筋络，北风刮起，丝瓜籽在里面瑟瑟抖动，其声倒是清越可听。那丝瓜络用来洗碗，天然环保不沾油，也是极妙的东西。

吾乡丝瓜原来只有细圆颀长的无棱土品种，近世有人引进有棱丝瓜并迅速传播。有棱丝瓜如俄罗斯大婶，粗糙胖大不堪看；无棱丝瓜是娇柔美婢，碧玉姿容小蛮腰。我向有严重的恋旧癖，凡新不如旧，凡舶来不如土生，但我不能不承认，有棱丝瓜做汤，汤清，色翠，味鲜，远胜本土丝瓜的浊、黑、糊，产量更是高了许多。我以貌取物，失之有棱丝瓜。但我还是央求母亲：土丝瓜还是种几棵吧。

葫芦

从江西婺源带回几只小葫芦，盈盈一握，浑朴可喜，莹润澄黄，甚宝爱。生平见过的葫芦也不少算了，但似这种袖珍型的小葫芦还是第一次遇见。不知是江西特产，还是他乡方物辗转流浪到那里。回来后偷闲摩挲那些小葫芦，摇一摇，听种子沙沙响，心里总痒痒地，想打开一只倒出种子种在花盆里。私下盘算着：假如一根藤上结一百只，五块钱一只，可卖得五百大洋；假如种十棵，那将是一笔非常可观的经济收入。

到底舍不得，掌中的物件玩味久了，就有些通灵的意思了，亲手破坏掉总是不忍。但某天一个兄弟一时财迷心窍（当然我也是默许的，我是事实上的合谋者），抓起一只就用螺丝刀在葫芦底部钻出一个小洞，倒出几十粒种子。然后一人分得一半，商定各自回家撒到土里，等到发芽结果收获了，一起去摆夜摊。

我把种子撒在一只装有泥土的木盒子里，起先几天还着意呵护着，后来渐渐疏忽了，终于连盒子都不知去向，种子是否发芽也就不得而知了。那位兄弟说他的葫芦种子出了苗，大有开花结果的希望，不知种子现在的命运如何了。世事纷乱如麻，谁有闲心一直惦记着葫芦种子呢？倒是窗台上那只被掏空了种子又破了相的葫芦，像不贞之女一样，被我冷落以致最后全然遗弃了。

其他的几只，送给娃子一只，桐城文友要去一只，不翼而飞了一只，只剩下作为挂件挂在车子里的两只，和一个笑口常开的小小弥勒佛，晃来荡去地伴着我的人生逆旅。我一直在等待一个好刀手，给这两只硕果仅存的葫芦刻几个字，一个刻“乾坤”，一个镌“糊涂”。

每一只葫芦，不管是大葫芦还是小葫芦，也不管是用来吃的还是用来玩的，都是一个乾坤，是一个内在自我闭锁又自我完足的世界，所谓“一壶一乾坤”者或“乾坤一壶收”。葫芦又像大肚子罗汉，外圆融而内阔大，恰好又与糊涂谐音，颇有郑板桥那句著名智语的意味。

然而天下多的是糊涂人，各自的一生也大多是一笔糊涂账，不仅他人不能“难得糊涂”，恐怕连板桥自己也不能把握好糊涂与清醒之间的度吧。作画，雅极，鬻画，俗极，板桥兄以画为志趣和生计，在雅俗之间摆渡，焉知他不是一肚子的不合时宜？他在山东潍县知县任上，因请赈灾民忤逆大吏，最后只好卷起铺盖回乡，即是明证。

“乾坤”与“糊涂”，自勉加自嘲而已，一个人要是真能如葫芦这般，既肚收乾坤又赋之以糊涂之形，那就仿佛是铁拐李了，不位列仙班，至少也名列史书隐逸传。尘中多嚣闹，不宜多谈玄，还是说说葫芦吧。

我的父亲母亲从前是种葫芦的，一季三几棵，种在屋侧庭前，那是我年少时的事了。种的都是常见的那种大葫芦，主要用处是制作舀水的葫芦瓢。

旧时的乡下，家家厨房拐角有一只可以兼作磨刀石的粗陶大水缸，半截埋在土里，取其沁凉，当然也有接地气的意思。水缸里一般都漂着一只黄而老的葫芦瓢，要用水时，抓起瓢就舀。锅台上一般也有一两只，型号略有差别，用处也略有不同。那些葫芦瓢都是用老透了的秋葫芦制作的。

我见过父亲锯瓢。砍下藤上长相圆润的老葫芦，用墨斗弹出中分线，然后用锯子沿线齐整锯开掏空内瓤就是。一锯得二瓢，工艺很简单，但锯工要好，否则锯路扭七歪八，瓢就难看。

我也见过母亲缝过葫芦瓢。葫芦瓢耐久，一只用个三五年不成问题，但过久了就发裂，用缝衣针线一针一线费力地缝合起来，还可继续用上两三载。乡下人家的薄产，都是这样一厘一毫攒下来的。

嫩葫芦是一味好菜，尤其是刮了皮做汤，放蛋花葱叶，甚鲜美，就面食吃更得味。只是那时舍不得吃，家里种的葫芦除留下做瓢用的，都趁嫩摘下来送到农贸市场当菜卖了。老葫芦籽味也甚佳，我以为在所有的瓜子中，数葫芦籽形、色、香、味最为上乘。古人形容美人的牙齿，誉之为“齿如瓠犀”，瓠犀也就是瓠瓜的籽，其实葫芦的籽无论是色泽之莹白还是排列之整饬，都与瓠瓜没有二致。

几间瓦屋，土而老，一脸岁月，只要庭前种有一架葫芦，绿叶层层叠盖随风如书页翻飞，十数只碧色葫芦静静低垂，也有百般姿色。

菜花

婺源的菜花其实无甚特色，花田万亩，多而已，人往客来，众而已。直如张宗子笔下的《西湖七月半》：婺源菜花开，一无可看，只可看看看花之人。看花之人，也可以某类某某类看之……我辈同道三四人，该归属于哪一类？大约是也看花、也看看花之人、也被看花人看之列吧。

从未去过，跑错了地方，去了向路边老奶奶一打听，才知道婺源的菜花最艳处原来在江岭，我们去的却是晓起。晓起就晓起吧，也并不求花多，随遇而安罢了。人生的逆旅，多是于阴差阳错中寻求片刻的欢欣与安宁。

既然奔波四五百公里一路风尘地来了，总得做做看花的样子。何况春风骀荡，柳色青青，粉墙黛瓦，桃傍篱开，加上宝马香车，如云似水，妖童冶女，笑啼杂之，婺源的菜花实在是好看的，是很香的，看花的丽人也实在是很好看的，是香的。我在花田里作姿摆势照相，稍一忘形就跌了一跤，半边裤腿全是黑泥，那泥仍然是香的，好看的。

野游的妙处不在花，不在人，还不在野游本身，而在于扯开了尘网，挣脱掉樊篱，暂时做一个逍遥人。天地何其空阔，人间何其漠漠。我不识人，人也不识我；我无意识人，人也无意识我。可扮雅士，可爆粗口；可啸歌当哭，可泣涕双行；可往热闹中寻小小乐子，可坐花田间兀自寂寞；可于人海中学刘姥姥簪花满头，可于野林无人处迎风撒尿。我是我，亦非我。快意何如哉！

落脚在草径尽头一户张姓人家的小客栈。运气实在太好，春前才盖的新房子，我等竟然是第一批住客，床单、被子、电视、浴具、茶壶、帘子之类全是簇新的。偷着乐。待到打开窗，望见平畴沃野数十里内，油菜花在春风中泱泱湍湍，如平湖风波，起伏摇荡，馥郁花香一浪接一浪地纷涌而入，到底禁不住矜持，狂喜以至手之舞之了。

唯一的遗憾，是这田园小栈的主人比不得旧式名士，也比不得徽派建筑的古雅风致，太俗，于几两纹银的房价喁喁复喋喋，挣了不算少的房钱、饭钱、茶钱、酒钱、小吃钱，仍不知足。俗也就罢了，又端着架子，再四声明他是读过不少圣贤书的雅人，是某某文化部门退下来的官员。

不管他，只管领袖般叉腿摆臂高坐人家堂轩之上，拍出几张大钱来，把人家的厨娘左支右使绕着锅台团团转，“有特色的菜，尽管上过来！”围四方大桌，吃菜花蕊，喝婺源红，酒菜不错，自然不便宜，可也不是特别贵，学那绿林好汉，捋袖袒腹，放马轰饮。

然后趁着酒兴与月色，东倒西歪，再去门前花田小径上胡乱走上一遭，惹一身花粉和月光。我对菜花和月色说：“花儿，月儿，我总算是不负卿。”

忽然想起白日里逛江湾古街，遇见一树上好的梨花，正拍照，一拄拐长须老者忽然颤巍巍地杀过来，像严监生再世，固执地摇着两根苍黑指头，哑哑斥曰：“二十块一张，一张二十块！”也罢，也罢，梨花胜雪，雪厌梨花，不准白拍，我远远地打望一眼，总是可以的吧。

吾乡人也种油菜，不多了，三十年前菜花澄黄，也是满山满湾，无人看。现在总算有人看了，却已寥落不成风情，好些人巴巴地老远跑别人家去看，喝一肚子异乡的风。吾乡还是不要刻意种了吧，黄了菜花，绿了眼睛。

蚕豆

旧时乡人是种蚕豆的。也不特别多，边角地里插缝寻隙种上数十上百棵，四月菜荒期有嫩蚕豆做汤，夏天有节余酿蚕豆酱，年节时有老豆子炒来待客，如此而已，从未像川人那样大面积种植。蚕豆又称胡豆、川豆，大约它从西域最初传来时，首先就是在川府生根发芽的。

乡人不仅种蚕豆，还种豌豆、黄豆、红豆、绿豆、黑豆、刀豆、豇豆、梅豆、芸豆、土豆……所有能填满肚子又适合生长的作物都种（连骂人都带豆字：“你这个能豆！”所谓“能豆”，就是明知其不可为而为之，像蹦豆子想上山一样）。不像现在，因为衣丰食足、挣钱的门道渐多、清闲懒散宁愿叉麻将也不愿务农这些缘故，乡间到处可见田荒地芜。昨天，我沿着往年的路巡游故乡的山，草径早已无处可寻，唯余经年茅草霭霭遮旧梦。

蚕豆四月花开结荚，此时极需要追肥，幼时母亲常命我于清晨拎着一篼箕草木灰，撒到蚕豆地里。每次我都在最短的时间内，闭着眼睛把草木灰胡乱一撒，然后“噼里啪啦”拖着布鞋撒丫子一路落荒而逃。因为灰多撒在叶子上而不是在根部，于是每每挨一顿骂，“小杀肉的做事总是胡差事，急着哪里去刺骚啊”。“小杀肉的”“刺骚”，吾乡亲密骂人土语，前者略同于小猪，后者意思是乱窜、瞎跑、鬼混。

说起来有些冤，我做事其实并不总是胡差事，从小我就会做事，这有健在的乡人为证。草木灰撒得不得要领，并非是我急着要去“刺骚”，而是因为我对蚕豆花有着几乎是与生俱来的莫名恐惧。

蚕豆的花如悬铃，紫色花瓣围着的花心，却是一半儿白来一半儿黑，冷不丁望过去，就像一只只眼睛，诡谲，怪异，阴凄凄。我盯着它看，它也目不转珠地盯着我看；我盯着它们看，它们也一齐死死地盯着我看，像传说中的鬼眼。于是联想到村庄里的老太婆说过的那些鬼故事，一阵阴风刮过，头发根根竖起，我的腿软得拖不动。

我从未跟母亲说过原委，更不曾跟其他人说过我畏惧蚕豆花，胆小从来都不是一件很光荣的事。现在一琢磨，蚕豆花的眼，就像美目蛱蝶翅膀上的眼睛。前几天清明节，我上坟山给老祖宗们敬香烧纸，路上很稀罕地发现了一小块蚕豆，花事正闹。我特意蹲下来仔细地瞧了瞧花瓣，并且还用手机拍了两张特写。几十年过去了，皮老而脸黑，怕倒是不再怕了，却还是觉得那花，尤其是那眼睛诡秘得很，盯得人心里凉飕飕的，发麻，发紧，发毛。仍然想逃。

我幼时很有些莫名其妙地怕两种植物，一种就是蚕豆，另一种是刺莓，经常做关于它们的噩梦。刺莓的果实又酸又甜，是上好的零嘴，那长满倒刺的藤虽然锋利，但平素因为馋的缘故，也并不惧它。但在梦里，经霜的刺藤像鬼魅一样架在村前的小河上，颜色紫红紫红，表皮覆一层白霜，像冬晨法事已毕即将安厝的棺木。由棺木而死尸，由死尸而诈尸，由诈尸而魂飞魄散……娘啊！妈妈吔！这两个梦有时候在同一夜里还会交替出现，搅得我不得安生。我幼时体质虚弱，盗汗，毛发黄且稀，肯定与这些梦相关。

还是说蚕豆。蚕豆花虽然可怖，豆子却很好吃。

嫩豆子藏在粗壮肥绿的豆荚里，如只只卧蚕，或许这就是其名字的来由吧？剥去软甲一样的豆荚，再剥去一层肉肉的豆衣，两片青玉似的豆瓣渗着无辜的汁液，用来清炒，味道成色自然是好的，却远不如做成羹汤。蚕豆汤翠碧鲜爽，与豌豆羹有同工之妙，却又各臻其极，如汉成帝刘骜的飞燕与合德吧。

老豆子煮熟，掺进臭黄荆和小麦粑，混合成泥状，用大瓦钵装着放在太阳底下晒，制作成蚕豆酱。其香醇和甘芬，袭人辘辘饥肠，不要菜也能吞两碗饭。安庆古城的著名小吃胡玉美蚕豆酱，就是这种土法制作的。

年少时牙口好，炒老蚕豆一嘎嘣一个，一嘎嘣又一个，满嘴满身焦香。不像现在，望炒蚕豆而兴叹。一如壮年苏轼在古儋州所叹，四十未到而齿摇发稀。

香草美人，自《诗经》《楚辞》开始，一直喻君子小人。香草有幽兰、岸芷、汀兰、水芹、薰衣草、迷迭香、百里香、藿香之属，蚕豆从未入列。也就是说，蚕豆从来就算不得香草，算不得君子。事实上，古人吟园葵，咏荇菜，歌晚菘，唱早韭，百般草木都录入诗篇，却几乎不见蚕豆。仅见杨万里有一首关于“蚕豆”的诗。

诗中说：“翠荚中排浅碧珠，甘欺崖蜜软欺酥。沙瓶新熟西湖水，漆櫑分尝晓露腴。味与樱梅三益友，名因蠢茧一丝约。老夫稼圃方双学，谱入诗中当稼书。”今有半通不通的学者，写《蚕豆诗话》，把杨万里这首诗当作“蚕豆诗”，大谬也。

杨万里在诗题中明确写道：“招陈益之、李兼济二主管小酌。益之指蚕豆云‘未有赋者’，戏作七言。盖豌豆也，吴人谓之蚕豆。”很显然，诗中所说的蚕豆并不是蚕豆，而是豌豆。再说了，“翠荚中排浅碧珠”，所谓“珠”，怎么可能是扁扁的蚕豆？

快老了。老就老了，学陶渊明，回故乡辟几块地，种一大片蚕豆。跟儿子儿媳妇说，是为孙子磨牙。其实是存了私心的：你这蚕豆，当年害我老是做噩梦，老了我总不怕你！老鬼还怕小鬼不成？

萱草

十日一行方是真读书。尤其是先秦、汉魏六朝著作，隔世既远，奥义又深，必得有农夫锄地的精细才可了悟一二。若无渊渊博识，泱泱才情，那些自我标榜如疾风过野一目十行的阅读，不过是欺心。

读魏诗，在阮籍的诗中再次遇见萱草。他在《咏怀八十二首》其二里说："感激生忧思，萱草树兰房。"萱字我是认识的，萱草这种名字风雅的草，我在古诗中也是多次见过的，却从未查究它到底是种什么样的嘉草，引得古代诸多诗人将它一再地写入名篇。我从前读书都是这般的潦草，一如萍浮绿波，沾而不湿，而今马齿日增人齿渐摇，心神也渐渐地安静下来，读书也较过去肯下功夫了些。一本书读下来，尤其是清以前的古籍，天头地尾左右留白，以至行列距间，都留下了我的批注手迹。于是四处翻检资料查找萱草，一查不禁心里一诧，然后一凛，这丰茂于古诗的萱草，竟然就是吾乡山野里极常见的黄花菜，也即金针。我的脸发热。

萱草最初见于典籍，是写作"谖草"的，比如《诗经·卫风·伯兮》曰："焉得谖草，言树之背。""谖"有忘记的释义，萱草又别名忘忧草、疗愁，应当就由"谖"而来。那为什么写作"谖草"，又有忘忧与疗愁之名？必有缘故。突然忆起年幼时跟母亲去山上采春茶。我家的茶园在罗汉仙肚山，山的一侧生长着成片的萱草，杜鹃开时萱草花也正好开，我朦胧知道能吃，摘下一些带回去央求母亲炒腊肉，母亲却不肯，说有毒。

萱草的叶和地下的茎块的确是有微毒的，鲜花也有一定的毒性，得用开水焯一遍才能做菜，风干脱水后则毒性已失。于是我醒悟过来，这萱草的三个别名都与它的毒性有关，所谓谖、忘忧、疗愁，均隐含着麻痹自己的意思，甚至借指死亡。生年不满百，常怀千岁忧，何以解忧？杜康不行，求仙无路，蝉蜕是梦，彻底解脱的法门，唯有一死罢了。但指代麻痹的可能性应当更大一些，毕竟萱草只是微毒。

古时萱草被奉为母亲花，元人朱公迁《诗经疏义》云："北堂幽暗，可以种萱。"据说古时游子出门前在堂前种萱，希望母亲大人见草如见人，减轻思念忘却忧愁，用的仍然是"谖"的本义。但睹草思儿，我估计，那些母亲对游子的念想，会因为堂前萱草更添许多的。演绎之后，萱就成了母亲的代称，与椿指代父亲相对，所谓"椿萱并茂"。

喻娘亲还好理解，古代的妇人佩萱草以求子，说萱草"宜男"，这就有些匪夷所思了。既然有毒，必不利于孕妇，何来的吉祥？兴许是萱草之花，花形喜气又兼蕊形茁壮。兴许只是寄托而已，与拜佛求仙无异，宽慰自己罢了。也兴许另有出典，我不知吧。

又及，十七八时读舒婷或者席慕蓉的朦胧诗，见到勿忘我（与萱草的花语恰好相反），一直以为她们写的是春天最初来到时，那种满地繁星一样的草本紫白色小花，今日在植物图谱上查询萱草，无意中发现竟全然不是。还拾得了勿忘我其名的来历，原是德国的传说：据说上帝在给世间所有花朵命名的时候，有一种被上帝遗忘了的小花怯生生地说："哦，我的上帝呀，请不要忘记我。"老于世故的上帝略一思索，说："啊……就这是你的名字。"

野芹

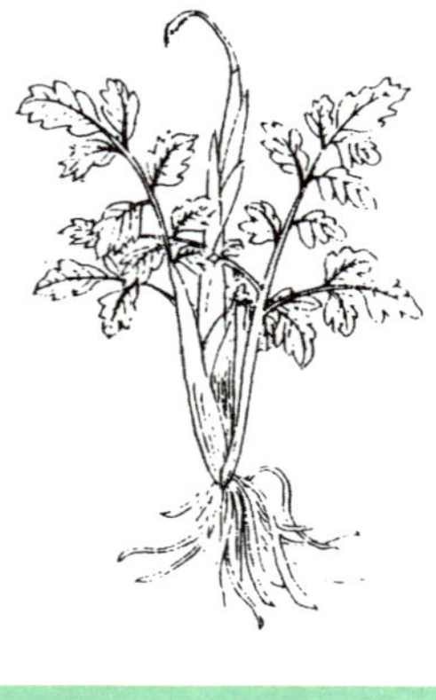

汉语实在是美妙的，望形，吐声，析义，皆如汲名泉煮佳茗对高士饮。鸡鸭肠子似的英文德文，古怪如老墓枯骨的日文韩文，与汉语比，仿佛美妇与粗婢。比如芹菜的“芹”。先只说吐字，口微微平张，舌尖上卷轻抵上腭，暂堵一股纯元之气，然后突然放开，读音随气流急切冲激而出，如山风疾穿幽峡，如壑水急泄石罅，又如隔着曲栏偷唤邻家青梅，眼前也即刻幻化出一大片明媚的水绿。

我在山溪里采芹。野生的水芹菜娇碧可怜，在石缝，在沙岸，在水中央，安静地呼吸、生长，让我想到汉乐府里的《江南》，“溪涧可采芹，芹叶何菁菁……”但我不是面如建兰初开的少女，她们采莲、采荇、采芹，采的更多的是心情，而我，一肚子的世故和沧桑。晋人桓子野，见山水佳处，辄呼“奈何！奈何！”面对这丛丛簇簇的水芹，除了暗呼“奈何”，我又能如何？

芹菜，专释词义的古籍《尔雅》又称其为楚葵。既然冠以楚字，我想当是原产于楚地，至少，芹菜在由地中海沿岸的沼泽地传到中国之初，楚地必是大面积种植和驯化的。葵并不是向日葵，而是古代的一种蔬菜，可以用来做羹汤的。清人吴其濬考证说葵就是冬苋菜，汪曾祺在其散文《葵·薤》里也从其说，是有道理的，因为冬苋菜的别称就是冬葵，其嫩滑也与葵的特性相符。秦汉的诗歌中经常可以看到葵，比如汉乐府里的《长歌行》和《十五从军征》，就有“青青园中葵，朝露待日晞”，“舂谷持作饭，采葵持作羹”。后来盛唐的李白也喜欢写葵，“野酌劝芳酒，园蔬烹露葵”，“将无七擒略，鲁女惜园葵”，“几日相别离，门前生穞葵”。但葵为什么不能是芹菜？初生的嫩芹是完全可以做羹的，南方有名的风味小吃辣糊汤，其中的香料就有芫荽，有时也用鲜芹，美食家更以芹叶做汤。

葵是冬苋菜还是芹菜，对我而言其实并不重要，绕这么大个圈子回来我只是想说，吾乡地处吴之头楚之尾，在并不久远的从前，我的印象里不种芹菜，山溪冷涧中倒是有野芹与菖蒲同生，虽然常见却很零星。

大概是我十岁的时候，北方的芹菜经由菜商之手大批进入本地菜市，价贱却稀罕，引发了好一阵子的食芹风气。随即芹菜的种子被播入本地的土壤，旱芹茂盛于地，水芹葳蕤于田，一二十年过去，俨然成了餐桌上的凡常菜蔬。也许还是土壤与气候的原因，或者是不得法，兴了一辈子菜园子的母亲说，芹菜并不好种，撒下去的种子大多不出芽，即使事先把种子浸个十天半月也无济于事。

我并不喜欢吃芹菜，少年时可能也曾经当作奇物，但后来见到芹菜肉丝、芹菜豆腐、凉拌芹菜之类，以芹菜为主或者做香头的菜肴就皱眉。芹菜固然能安神、清热、削肥肉、降血压，但我于饮食有童子心，孩子吃东西是从不考虑营养学养生学的，只管好吃不好吃。芹菜的茎太硬，如嚼半烂木柴，味太冲，如闻英美老妪身上几至剜鼻的香水。何况，后来传言芹菜不利于男人，也就更加畏之如猛兽了，虽然平常不甚爱惜身体，但总也不至于自戕。

却极爱吃乡野溪涧中的水芹，尤其是隆冬时候的野水芹，嫩极，脆极，清香极，是大自然的慷慨施予。采芹不同于在田地中割芹，后者略似武夫持刀大砍，鲁莽无幽趣，前者则略似旧时江南女子划小如贝壳的舟子采莲，属于生活的闲情态度之一。

前人以水芹做碧涧羹，取芹汤如碧涧之意。宋人林洪《山家清供》载："芹，楚葵也，又名水英。有二种，荻芹取根，赤芹取叶与茎，俱可食。二月三月作羹时采之，洗净，入汤焯过，取出，以苦酒研芥子，入盐少许，与茴香渍之，可作菹。惟瀹而羹之者，既清而馨，犹碧涧然，故杜甫有'香芹碧涧羹'之句。"

于冰雪深覆林樾的冬日，沿着溪流一直去往白云生处，像探宝似的访问野芹，小溪从不让人失望，总能在转弯处或者水潭子边，望见冷云朵朵。初生的野芹矮而粗壮，采撷回家，分开茎叶，茎与豆腐干或者腊肉丝同炒，嫩叶烧汤，味清逸而芬香，色玉碧而天然，是春日餐桌上的两道天赐美肴。

自记事起，故居门前那条溪河里就一直生长着野芹，但从前乡人并不去采来吃，不是因为"野人献芹"的典故，而是怕蚂蟥。野生水芹里确实经常会发现蚂蟥，旧时乡间传说这蚂蟥有一千条命，哪怕是烧成灰吃进肚里，也会在肠胃里生根发芽，并且一变千百。时至今日，人命金贵，但同时人的口腹也几可包天，不单乡人采芹，连住在城里的人也来淘宝。他们不仅采芹，也采薇、采蕨、采蒿，实在没东西可采了，就挖人家竹林里的笋子。山中河里，竹下田边，每天都有好多拨人去了又来。我母亲说："像蚂蚁巡路。"

冬瓜

冬瓜静卧于层层瓜叶中，肥白如巨大的土蚕，可当枕头。江南旧时有器物名竹夫人，也叫青奴，一米来长，以竹篾编织而成，镂空圆柱形，状如男根，里面放两只小竹球，外表涂以清漆，暑天抱之入睡，取其沁凉，据说也有助于传宗接代。冬瓜是天然的瓜夫人，夏日里如若枕一条，再抱一条，必有清风徐来，可得逍遥一梦。

枕瓜而眠抱瓜而梦的事，不记得是否做过，穿开裆裤时倒是骑过冬瓜。以瓜为马，手里舞一根芭茅，嘴里喊“驾驾驾”，快活煞。下得马来，两瓣屁股如同打了厚厚的粉底，与年画里胖娃娃的脸蛋有得一比。瓜上的白霜被揩得精光，露出青碧的瓜皮，摸起来莹润得很，似砚台。苏东坡说歙砚“瓜肤縠理”，瓜肤就是冬瓜的皮。前些时候在藏家手中见到一方歙石冬瓜砚，砚额枝叶芊芊，中间藏有一只人见犹怜的小瓜，墨池是一只大瓜的竖向截面，池间瓜子布列成阵，砚面滑嫩如丝绸，抚之手感温润如青泥。

冬瓜初生时拇指大小，娇娇站于藤上，头顶各举一朵黄花，瓜身瓜藤瓜叶布满自卫的绒毛，硬者如利刺，软者如毛刷，虫子不可近身。吾乡木瓜冲，初生的瓜赆叫“刺”，读音如此，字不知如何写，就像叫小孩子“毛伢”，有亲昵宝爱的意思。冬瓜老了，垂于藤下或者卧于叶间，绒毛渐次褪去，一身高僧气和隐逸之味，秋霜来袭夏雨来打都不为所动，似在默念阿弥陀佛。

东西南北四方，古人以青龙白虎朱雀玄武四圣兽对应之，此外，又有东瓜西瓜南瓜北瓜与之相对应，似也可称之四圣果。冬瓜，有的地方叫东瓜，字的写法不同。吾乡吴楚之间的土语中，南瓜叫南瓜，也叫北瓜，南瓜是南瓜，北瓜也是南瓜，五里不同风，这是一例。冬瓜秧生于春，果繁于夏，实老于秋，本与冬无甚干连，原名或许就是东瓜也未可知。关于冬瓜之名，有人说冬瓜老熟后，表面生白粉如冬霜，故以冬瓜名之；有人说用手敲之，其声咚咚，故名；李时珍说，冬瓜，以其冬熟也。我倾向前一种说法，冬瓜有霜露气，李时珍的意思应当是冬瓜冬老。东瓜名字也不错，东邻之瓜，一如邻家妹子，名字有家常味。秦汉之时有隐士邵平种东陵瓜，以其鲜美载于史册；武则天的儿子李贤写《黄台瓜辞》，读之怆然，不知邵平种的和李贤写的是不是冬瓜。

中午母亲做了一盆冬瓜汤，汤色透亮微黄，瓜片莹澈，薄如扇面，葱叶黏附如玉屑，如洒金纸，其上几可题诗。宋人郑清之的《冬瓜》诗就不错，后两句尤好：“生来笼统君休笑，腹内能容数百人。”

这几年每吃冬瓜，母亲必愤愤然感叹人心不古。

还是大前年的事，母亲在空地里种了几棵冬瓜。地是生地，修路的弃土场，弃之既久，茅草丛生雉兔出没，乡人争相辟为菜地。父母种冬瓜数十年，这一年最为丰收。瓜藤粗如狗腿，牵延一亩有余，瓜瓞绵绵以百数，其中最大的一条长到近两米长八九十斤，是木瓜冲几十年来名副其实的冬瓜王，乡人陆续去赏看，以为奇珍。母亲每天晨昏也都去地里转转，看一眼，用手摸一摸，心里欢喜地盘算着它在农贸市场上的价值，冬瓜地是她的城池之一。终于有一天清晨它不见了，那块地就在县道旁边。其实我早就知道结果，天生奇物，当与世人共有之，也不足惜。

昨天读《花傭月令》，徐石麒教人种冬瓜，正月三十日傍着墙脚挖，圆三寸深五寸，着粪种之。《神农本草经》说冬瓜“令人悦泽好颜色，益气不饥，久服轻身耐老”。古人如东方朔、淳于髡多好大言，他们的话不可全信。我自小吃冬瓜，二十世纪七八十年代，菜里不见油沫星子，家里炒冬瓜用大瓦钵装，冬瓜当肥肉，吃得胃里泛酸水，那时的人却多短寿。

人生寂寞，又长，须得找些事来排遣，制作美食以满足口腹之欢是一个不错的选择。煎煮炒炸蒸，洗手做羹汤，加羊肉加猪肉加排骨加虾仁加海米加蟹黄，冬瓜可以穷尽世间人关于烹饪的想象力和创造力，哪怕清炒烧煳了，冬瓜也自有一番焦煳风味。宋人张景谈吃，新粟米炊鱼子饭，嫩冬瓜煮鳖裙羹，嘴太刁，食过于精脍过于细，一如李渔袁枚，死后当有鬼卒叉之入油锅煎炸。清人朱彝尊《食宪鸿秘》记载一道肉汁冬瓜菜谱：老冬瓜切块，用肉汁煮，久久内外俱透，色如琥珀，味美妙。这是老肴谱了，从前我掌厨时常做，工序甚简易。关于食，我还是信奉祖父在世时经常说的一句话：哪怕是干稻草，放肉都是好菜。

冬瓜肉丰美白嫩，皮翠绿，其瓤虚白如絮，一身好颜色。

地荇菜

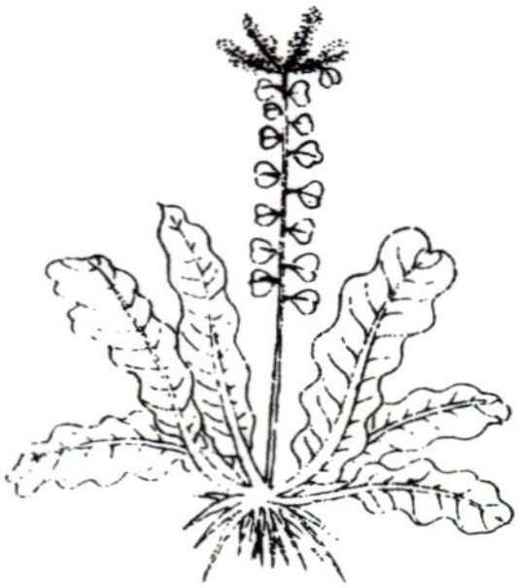

荠菜的名字本来不俗，说的人多了念的人多了吃的人多了也就俗了。正如“海纳百川，厚德载物”这些字原本清雅高致，你挂中堂，我贴书房，混世魔王也恭请书家写了张于客厅，也就不那么清高了。

吾乡人称荠菜为地荇菜，很得古雅之趣。吴头楚尾的方言如其山川风貌，多有古风古意，音与义其来有自。地荇菜之名，让人联想到《诗经》里妩媚多情的水荇，它们在溪河中左右摇摆肥嫩而圆的叶子，羞涩浅黄的花秀发于绿水之上，如鸟兽求偶。

冬末春初的这些假日，我闲居木瓜冲，阳光很好的下午，常去挖地荇菜。有时候带着孩子，有时候小狗毛毛一路尾随，有时候没有伴，就一个人弓着腰在人家的田地里寻寻觅觅，眼睛放绿光，样子如同做贼。当然，在乡间，即使是在别人家的葱蒜地里挖地荇菜，也不能算贼。自然也不能算贪，天生风物美好，地生之，人取之，得造物主本意。有时碰到正在浇园子的邻家老汉和妇人，他们还会热心地指点哪里的地荇菜既多且肥，或者见我收获甚少，招呼从他们的园子里扯一把菠菜或者小青菜回去。

我才不要，家里父母种的菜多得根本吃不完。再者，挖地荇菜并不全然是馋，也有散心的意思，想象着自己悠游山林，吟啸田园。再过一二十年，或许如此吧。乡间春日多忙人，别人握着锄头挑着基肥在辛苦地劳作，我要是抄着手东瞧西望的，像窥伺的间谍或者监工，总不像话，手里提个篮子，哪怕是装模作样，也显得自在一些。在地头见到一个皓发老太太在锄草，竟然不认识，愕然得很，思忖着伊是谁家的丈母娘谁家的外婆。

末了，她主动说，是从别处搬来租房子住的，向户主讨了一块地兴菜吃。木瓜冲这个城郊的村庄，越来越有市的意思了。

古今写地荇菜的诗文可以装几箩筐，其作者分布于南北西东，可见各地大都盛产，是平民的美食。木瓜冲的地荇菜也多得很，田埂上的老而瘦，菜园地里的嫩而腴，虽是野菜，仅仅饮风吸露也是不够的，地力丰肥处的要翠绿蓬勃许多，也清香爽口许多，相反，那些遗弃的荒地里生长的地荇菜，其形其味都如干草，易老，吃到嘴里筋绊绊的。最好的地荇菜，一定生长在葱蒜之间，这恐怕是有原因的，植物的相与，和人与人的相知也许有共通之处。所谓“夫人之相与，俯仰一世。或取诸怀抱，悟言一室之内；或因寄所托，放浪形骸之外。虽趣舍万殊，静躁不同，当其欣于所遇，暂得于己，快然自足，不知老之将至”。

苏东坡独创食荠法：采新鲜荠菜三二斤，洗净，加入淘米三升、水三升，生姜一芽头捶碎，同入锅中，浇上麻油一蚬壳，煮熟后不放盐。并且说，天生此物，为幽人山居之福。

地荇菜饺子，滋味佳美，风华绝代。早先县城剧团巷子里的一个早点店极擅此道，每天早晨食客云集，后来店门关了，那几个好手艺的大嫂大妈也不知所踪。至今思之，流涎如注，好的东西不一定再来。木瓜冲人的食谱里没有饺子，地荇菜多清炒，做汤，凉拌，或者涮羊肉野猪肉咸板鸭火锅子，纯粹野性野味，得其天然之旨，也好。

荇，行走的草，或借风力，或借流水，或凭飞禽走兽。地荇菜有其老巢，每年甚至每次去挖，总不会空手而归。冬萌春秀，仲春时节开白色小花，至初夏结籽，种子随风和鸟兽之迹而走，落到哪里长到哪里，事实上只要有土的地方都有其行踪，多寡而已。据说它的种子是甘甜的，我没有尝过。仍然是《诗经》里的句子："谁谓荼苦，其甘如荠。"

丰子恺有《护生画集》，地荇菜也叫护生草。

地荇菜都趴在地上，很恭顺，很谦卑，被人踩踏入泥，翌日又爬起来，叶子伸得妥妥的，心祖露着，样子如肚脐，四维如花。

挟剑豆

白菜有碧玉气，豇豆有萧散气，丝瓜有静女气，茄子有宰臣气，秋葵有王孙气，芫荽有羌胡气，辣椒有凤姐气，蚕豆有妖鬼气，冬瓜有老僧气，葫芦有谪仙气，茭白有江湖气，襄荷、马铃薯冒着土气，菱角、豌豆和刀豆棱棱磳磳有兵气。菜蔬不是无情物，它们也有气，气息、气度、气概乃至气派。

山中访新知，家酿的高粱烈酒三五杯吃下肚，山风一吹，对面的人脸和桌上的菜肴就飘了起来。搛起一片久违的腌渍刀豆，咯吱咀嚼，眼前刀光剑影厮杀声顿起，千万豆兵菜将大战蝗虫大军。轰然入梦之前，得了这么些“菜蔬之气”，自以为不俗，赶紧记到烟盒上。醒来一观，颇觉得眼熟，寻思了半盏茶工夫才想起，歙人张潮的《幽梦影》就是这个味道。又想起木心老夫子说，他反对修辞中的拟人。于是不免有些情绪低落，对于写文章的人而言，前贤不单是江枫渔火，更是万丈沼泽。

这几年陆续写了些菜蔬小品，闲来一数，竟有十八篇之多，或许可名之为《菜蔬十八帖》。虽说国人向来以天下为已任，所谓“樵夫谈王，童子知国”，我这些文字却无关赋比兴，无关香草美人，无关涧底松山上苗，兴致而已。况且，蔬菜安暖我的肠胃，润泽我的肌肤，我实在是应当感恩一番的。

这回写一写刀豆，准确地说，是大刀豆。因为巴蜀以及南方部分地区称作四季豆的芸豆，到了某些北人的嘴里，则呼为刀豆、小刀豆或者眉豆，吾乡皖西南则叫作五月眉。五月之眉，名字婉艳。

段成式《酉阳杂俎》曰：“挟剑豆，乐浪东有融泽，之中生豆荚，形似人挟剑，横斜而生。”那年夜间读到这段，眼前浮现吾乡木瓜冲邻家菜园里的刀豆，怀疑挟剑豆就是大刀豆，一查资料，果不其然。两个名字，一刀一剑，都神似，都有江湖味道，但我更喜欢后者，刀客剑侠，客孔武而侠飘逸，一个是关中大汉，一个是射雕英雄。我的心底，似乎永远做着一个不醒的剑侠梦。

我家有好几片菜园子，父母近一二十年更以种菜为业，印象中，他们从未种过刀豆，兴许是口感较次的缘故吧。与其他豆类相比，刀豆粗皮糙肉，尤其是那种非蔓生的矮禾子刀豆，望去如绿皮革，上切台之前，撕去上下四条筋，切成极薄的片，烈火清炒，吃起来仍然筋筋绊绊的，颇骨感，哪怕腌上几个月，捞起来一看，仍然棱角分明。据说还可以干煸或与土豆同烧，没吃过，不好褒贬。腌刀豆倒是一味上好的下酒菜，清香嶙峋，也下饭。

清人曹溶《倦圃莳植记》："刀豆以酱食为常，亦可蜜可醋，间有芼而尝之者，其子绽时煮食略堪。"曹氏是浙江嘉兴人，其食俗与吾乡江淮之间多有不同，以刀豆作蜜饯的事，吾乡闻所未闻。

上屋程老太婆年年在地边种一溜刀豆，我和村里的几个野小子常偷摘，作兵器，相互大刀向鬼子头上砍去，或者啸傲竹林，持剑起舞弄清影。更喜霜冬老熟时的刀豆，剥皮取豆，放进银脂或雪花膏（二十世纪七八十年代流行的两种护肤品）小圆盒中，置火炭上炙烤，待豆皮炸裂，食之有干香。其时无零嘴可吃，菜园里留作种子的豆子，我们都百般搜罗以填饥腹，葫芦籽最香，刀豆籽最大，唯有丝瓜籽涩不可食。

许多年没见过刀豆了，吾乡的菜园子里早已绝迹，菜市场上也未曾见过，怕是快要断种了吧。看古今美食家的菜蔬文章，有思春初早韭者，有念秋末晚菘者，有唱豌豆之谣者，有歌苦瓜之德者，却从未见人写过刀豆。颇为之不平：天下风物，世事万端，皆可以为文章，为何刀豆不能？

我若是刀马旦，当以刀豆为道具，横刀跃马斩强虏。我若是金庸，重写《神雕侠侣》，定把杨过的玄铁重剑换作一柄挟剑豆，剑风所指敌披靡。

玉米

初秋的那些天中午，每餐都有早玉米棒子可啃。父母在菜园里种了三大块，色泽有黄有白，品种有老有新，时间有早有迟。掰一箩筐回来，撕去苞衣，捋下胡须，清香透入腠理。锅中蒸煮片刻，甜香软糯，玉色可敬，人扛一根，坐门槛而大嚼，姿态颇像獾，欢悦亦如之。当然，连苞衣塞进灶洞里烧烤，半熟时再撕开就火炸到焦黄，啃起来更得野趣和风味，只是不免麻烦些，要有闲空以及闲情。

剩下的那些老品种养到半老，剥下来煮后晒干，藏于坛罐，待冬来杀了年猪，与猪头壳或者大骨头同炖。米黄汤白，鲜爽香醇，可满足口腹之欢，也可待客打尖，我以为可入寰宇美食金钗之正册。母亲在晾晒时脸色端详舒展，邻妇过访，见而生羡。仓廪食，至少心里安。只是，故园木瓜冲里的数百户人家，早已没有几人兴田种地了，我的父母是土地最后的守望者。

秋风日凉，本是作物丰收的季节，往昔此时的木瓜冲满目金黄，瓜熟谷香，镰刀霍霍，屋檐下堆着南瓜，窗棂间塞着玉米，院子里晒着粮食，而今布满田园的只有榛莽和蒿草。乡人普遍认为，种田是极傻帽的事情，打一天零工都可以买一百斤大米。我的父母也日渐老迈，这两年终于也放弃了水稻、玉米、高粱和红薯，只种些瓜果蔬菜，以及当零食吃的早玉米。双亲已老，田园已芜，思之怅然，又无可如何。

想起从前那些年，故园的盛夏庄稼如海。播种，锄草，灌溉，上肥，采收，脱粒，那时我参与了玉米生产的全部过程。记忆最深的，是毒日下给玉米浇水，玉米的剑状叶片把胳膊划出一道道血痕，汗水里的盐漫进伤口，火辣辣地痛。不过，闲暇时站在高冈上远望玉米地倒是赏心悦目。玉米结成的方阵如沙场十万兵马，风吹过，叶片沙沙作响，在一个做着诗人梦的少年眼里，那是怀珠孕玉的玉米关于生育的私房话语。

“嚓嚓，嚓嚓嚓”，是玉米粒落地的声音，如环佩相击。祖父还健在的时候，家里种着大片的玉米，到秋天收回家，堆成一座小山。晒干之后，至少有半个月的夜晚，一家老小围着玉米山而坐，操钉耙、火钳、羊角叉剥玉米。有时候都不说话，只闻玉音如仙乐，清亮悦耳。至今仍然记得祖父剥玉米的样子，坐在高凳上，神态严肃，手如飞梭，忙而不乱，脚下玉泄珠流，甚是英武。祖父逝后，很多次梦见他，其中一回就是他在剥玉米。

祖父之后，父亲成为木瓜冲又一代最优秀农民的代表。他既继承了祖父的务农经验，又佐以科学种植知识，种的庄稼比如玉米又高又壮，棒满粒饱。于农事，他是深谙其理的，比如那天啃嫩玉米时，他对我说，一根玉米须就是一粒玉米，我将信将疑，查了许多资料也找不到出处。但我知道，一个诚实老农民的话，是绝对不错的，并且我们当面数过，证实此言非虚。我仅有的关于玉米种植的知识，只是玉米的花粉落到玉米的胡须上，完成自然授粉，才会结出玉米粒。而这些，就写在小学三四年级的课本上。还有一年跟他去锄麦草，他说，麦子的根在地底下至少有两尺长。这些话，似乎连科学家也不曾说过，至少不见于农业书籍。由是观之，任何职业，其最高境界是敬，敬而勤，敬而思，勤且思，必有大收成。

玉米，玉一样的米，多好听又贴切的名字，像旧时淑女的芳名。它还有很多别名，玉蜀、玉蜀黍、苞谷、棒子、苞米、玉茭、苞芦、大芦粟、幼米仁、珍珠米、玉高粱、玉麦、戎菽之类。我只喜欢两个，一个是玉米，一个是玉榴。乡人称玉米为玉榴，有苍茫别致的古意，想来是有久远来源的吧。吾乡古属吴头楚尾，方言至今存古音。

近些年乱翻书，也读《天工开物》《农政全书》以及《广群芳谱》这些农事书。有一天在《广群芳谱》上捡到一句话："玉蜀……六七月开花成穗，如秕麦状，苗心别出一苞，如棕鱼形，苞上出须，如红绒垂垂，久则苞拆子出，颗颗攒簇，子粒如芡实，大而莹白。花开于顶，实结于节。"古人状物，三言两拍，简赅精到，极可佩服。最后两句，"花开于顶，实结于节"，又极有意味，似可取来砥砺自己日渐涣散的人生。

青青园中葵

在山野人家做客，主人竟然上了一盘凉拌秋葵，一诧。细一打问，这秋葵竟然是本地人家新近引进栽植的，又一诧。是夜，桌上葵青椒红，油黄蒜白，户外虫嘶鸟语，风清月皎。今又思之，唇齿间仍有古歌之味，胸臆间仍有篱落之气。

秋葵，名字好听，长相也特别，初见时怀疑是否能吃。

吾乡岳西本没有秋葵，以前只在他人文章中见过，不明所以，以为其形状当如磨盘，其滋味则只关乎想象。后来在江浙一个小饭馆吃过一回，一两片而已，终不得真味。南北文化乃至中西文化的交汇融通，我以为是从菜肴开始的，至少它是一个重要的切口，或者如学院派论文，“某某对此文也有贡献”。譬如秋葵、雷竹、蓝莓、香榧、有棱丝瓜，它们本是他乡风物，而今移民到了大别山中，并且安之若素，已把他乡当故乡了。

先秦两汉的诗歌中常能遇到葵。不敏如我，数十年间，以为古歌谣中的葵就是向日葵。只是一个谜题一直不曾解开：《诗经》云“七月亨葵及菽”。烹豆易懂，这葵花怎么能烹而食之呢？外婆当年曾于园中手植葵花数十秆，硕大花盘闻起来清香高远，但假若加以烹煮，滋味定然腐涩如沤草，除了饥荒年月，如何能咽得下去，更不要说甘之如饴了。后来读《尔雅》，才恍然大悟，彼葵非此葵，原来是葵菜。

葵菜即冬葵，民间称之为苋菜或者滑菜。吾乡有另一种叫法：汉菜。母亲每岁都种一些汉菜，或炒，或羹，或菹，其味肥美多汁，滑嫩爽口，野香清发。本是素日常吃的家常小菜，为何一到书中，竟是纵使相逢应不识了。古籍尤其是《诗经》中多植物名，古雅清丽，虽年代已然久隔，但基本能在今天找到对应之物，只是物是名非了。

这也不奇怪。《诗经》风雅，当初多是民谣和宫廷颂歌：《论语》难懂，其时原只是儿童的启蒙读物。时间的河流转过几道弯，名物水汽氤氲，经由想象，均成神品。

据说，在“青青园中葵，朝露待日晞”“中庭生旅谷，井上生旅葵”的两汉，葵是百菜之王，当时诸多典籍列为蔬菜之首，足见其地位之显要。现在想来，“汉菜”之名也是一个有力的佐证。以前我以为“汉菜”是本地的土语，还以为是“汗菜”，不想却是正儿八经的大名之一。往深了想，所谓“汉菜”，大汉的菜肴，其名有硬朗霸气的文化自信，有大汉风骨。又据说，当时道家喜食葵菜，因其能调和五脏，有益于导引飞升。助刘邦一统天下而后起退隐修道之心的张良，应当也是葵菜的嗜好者吧。

人间多美菜，我多不得食，这也是满是遗憾的人生中的一大遗憾。比如与葵有关的水葵。

我第一次听说水葵，是在他人文章里，只是读完仍不得要领。查书，忽然遇见一个熟悉而陌生的名字：莼。熟悉，是因为《晋书》中张翰那个著名的“莼鲈之思”的典故；陌生，是因为吴中的莼菜至今我仍未曾亲眼见过。莼就是水葵，这让我颇有他乡遇故知的惊喜感。

图片上的水葵，田田团团如荷盖，只是叶片小些，颜色深些，静浮于水面，乖巧可怜，叫人安静，似乎在哪里见过，追想起来又觉杳然。陶渊明当年说：“好读书，不求甚解，每有会意，便欣然忘食。”这些年读书，不再如早年囫囵吞枣，每每有会意处，正所谓醍醐灌顶，如临风景极佳极妙的所在，山风吹我，乐而忘情。

莼菜名气大，位列江南三大名菜中，又有人甘心为之远宦海、弃名爵，想必滋味也是极好的。他年若游吴中，当着意访寻一回。苏州园林中或有之？那更好，一边听昆曲，一边看水葵，同时了却平生两心愿。

回头再说葵花。当年乡人植葵花，好看是其次，主要为的是葵花籽，跟今日种作乡村风景以吸引好事游客不同。我记得在收获季节，外婆张蒲篮于地头，割葵盘码放于其中，然后剥下瓜子，晒干以待客。刚过花甲之年的外婆，其时尚丰腴，脸如葵盘。葵盘之中，常有肉白大虫出入，若再文艺腔一些，则虫可以想作啃噬岁月的偷盗者之类。

葵骨根根正直，风干之后，是照明的好东西。火光熊熊，走夜路，到邻村的山场偷树，去县城看黄梅戏，去田里望水，葵骨火把远胜马灯，照亮之外，也可驱狼壮胆。我对它印象深刻，至今看电影，见人手持火把，必然想到葵骨，想到山路上哔啵燃烧的葵骨火把。

较真起来，秋葵和水葵尽管名头响亮，还是不如向日葵。前者让人起故园之思、如烟乡愁，后者则让人想到艺术、油画、印象派以及“葵藿倾心”。若我是某个原始部落的首领，我一手执钺，一手执葵；若我是西周的少女，我头戴葵花花环，扭腰跳竹叶青蛇舞。

我喜欢葵，好听，好看，也好吃。

蕨

在四月的深山里和家人一起采蕨，这算得上我在这个春天里所做过的少数雅事之一。在河谷、山沟、石罅和阳光不能直射的草坡，初生的蕨丛生密布，一个个低眉颔首，羞人答答，像刚到及笄之年的女子，紧紧抱住自己小小的亭亭的身体，抱住内心的憧憬、秘密和渴望，等待在下一场淅淅沥沥的春雨里，像小伞或者二八女子一样悄悄把自己打开。“陟彼南山，言采其蕨”，蕨从远古的《诗经》里走来，带着儒雅之气和太古泥土的温香，无言，谦卑，像世间那些好品性的人。

乡人不采蕨，只采薇。我们的采蕨，说到底也不过是踏青的一种形式。在我们满载而归的路上，乡人大老远就热情相问：“打薇菜啊？”一听说篮子里不是薇，而是蕨，无不张着嘴巴惊奇：“蕨菜也能吃吗？苦涸涸的。”问得我们有点难为情，仿佛自己饕餮得实在是有些过分。其实在这之前我们家也从未采过蕨，更从未把蕨制作成菜肴端上饭桌。在我们这座小城的饭店里，我多次吃过大厨以薇菜为主料烹调的薇菜扣肉、凉拌薇菜、青炒薇菜、三鲜薇菜、木樨肉薇菜、薇菜煲汤，印象里却从没见过蕨菜登上正经的席面，哪怕是请山里老大娘掌厨以原汁原味著称的土菜馆，也从不把蕨隆重地写上菜谱。

薇与蕨本是“同根”生，同属蕨类植物，同是志留纪羊齿植物的后裔，但在乡人眼里，地位却是一个夫人一个婢。同在深山野林里肩挨着肩生长，本无贵贱高下之分，可人硬是要按照自己久已用惯用熟的等次逻辑，将它们生生分出个主仆。蕨若有知，当于夜深人静时作离魂倩女哭。当然，这纯粹是我一片可笑的恻隐之心，蕨才不会如此小气，恰恰相反，它们自在逍遥得很，兀自在山林里枯枯荣荣生生灭灭，并在人们的忽视之下，把子子孙孙繁衍到了每一个角落。其顽强的生命力，与薇，与一切“尊贵”的植物和动物，并无任何的不同，甚至是有过之而无不及。

说实话，虽然打小在山里长大，但直到现在，在薇和蕨刚刚钻出土面还未伸展开来之前，我仍然不能甄别谁是薇谁是蕨，它们最初的长相原本是差不多的。我却明白无误地知道，采到我篮子里的全部是蕨，不可能有薇。因为，自春打六九头时起，就有一拨又一拨的人，带着干粮和雨伞进山采薇，然后卖到城里的外贸加工厂去换点零花钱。那些生长薇菜的地方，也不知被多少人搜寻了多少遍。我姑奶家的两位表叔，每年打春那天必然一人拎一只蛇皮袋子从远方赶来，到我家附近的山头上去打薇菜，他们也必然于这天正午时分赶到我家吃午饭。据两位表叔说，山上的薇菜是越来越稀罕了，他们打了许多年的薇菜，把薇菜的生长地记得清清楚楚，每次去都直奔老地方，所以还不至于空手而归。年少时，我曾数次央求他们带上我一个，他们必然面露诡秘之色，虽不明说不愿，但又总是趁我不注意时再次进山。他们应当是怕我抢了他们那小小的生意吧。

市中薇菜价日隆，山中薇菜日稀少。蕨却不然，走在山林间，只要你肯放低高贵的头颅往地上瞧，就必然能看见几株、几丛蕨正在蓬勃生长。其家族兴盛处，更是满沟满谷，望之一派野性难驯的茵绿。少年时，我曾认真观察过它们：初生时，如婴儿小拳紧握；数日后，颀长而娇羞；半个月光景，一株株亭亭如华盖；到夏初，已然蓊郁得有些疯了。这朴素的野女子，确实有着谦逊的美德，它们的生长乃至死去，都是在静寂当中进行的，不存心，就是见到了也很可能将它们忽略。

地衣和菇子

地衣，大地的衣裳，名字好，模样色泽也好，湿答答，莹莹如墨玉。

生活在南方的山野，却很少见到地衣，它本来就不常见。印象中第一次遇见还是童年，某个夏日的雨后，与三五少年上山捡蘑菇，扫荡而归的途中，在一片黄土山脊上，看见一大片形似木耳的东西，紧贴着地，泛着若蓝若绿又若黑的光。犹疑中，一个识货的丫头已经双爪齐飞，将那片东西放进她的竹篮子里了。席卷一空之后，她才神秘地说："我捡着宝贝了，这叫地踏皮，蘑菇中的极品！"

地踏皮也就是地衣。但严格说来，地衣算不得蘑菇，它是真菌和藻类的复合体，可以进行光合作用，是一种特殊的低等植物，而蘑菇是真菌中的一类，不属于植物。这是很多年以后读草木、博物书才知道的。地衣又名地耳、地木耳、地皮菌、地瓜皮、地软儿、雷公菌等，这些小名又分别阐释了它的形状、颜色、手感和生长季候。虽然它和苔藓、蓝藻有些瓜葛，但吾乡人仍然视其为蘑菇，这也是无可无不可的事。

人世多匆忙，即使我是一个写文章的人，其实也并无多少闲情逸致，遑论风花雪月。写地衣，是因为父亲这几日发了点小财，每天都能在山麓拾回一篮子地衣，洗净后送进城里的农贸市场卖，每次能有四五十元的收入。

我很想尝一尝地衣的味道，然而很显然，一生俭省惯了的父亲和母亲并没有这个想法。昨天我实在忍耐不住，在查询过地衣的烹饪方法获知可炒可煮之后，试探着问双亲：

吃过地衣吗？

没吃过，不晓得么味道。

好卖不?

人家抢。

何不煮一锅汤?

母亲这才明白了我的意思与不好意思，慷慨地抓了一把，与鸡蛋同煮，放葱花和盐若干，家里一人捧一老海碗，与刚刚出锅的黄脆锅巴同食，极鲜美。

山珍海错这些年吃过一些，并不全然是馋，好奇而已。吃之前我猜测，地衣之味当如紫菜与海藻，果然如此，微腥，香软，溜滑，有大海之味。算是长了一回见识：山海之别不知几千里也，其所产之物竟然也近似如斯。

地衣不常有，本是稀罕物，一辈子耕种于山野的父亲说，他也只见过几回。母亲却卖得很贱，五元一斤，庄稼人太实诚，我估计五十元一斤人家也照样抢。谈到价钱，母亲说："菇子卖二三十块一斤！"这话她反复强调了好几遍。她说的菇子，是山上的野蘑菇。

这一二十年，刀斧不上山，农家也很少烧柴，吾乡的山林日渐茂密，鸟兽繁衍，已经找不到当年上山放牛、打柴、种地、割麦的路了。前年一个早春的下午，我有意上了一回山，原不是草木繁盛的季节，山中松林和灌木丛仍然屏立，已无旧时路，也无处可寻年少时撒欢的脚迹。欣喜之余，不免又有些怅惘：光阴和植物抹去了旧痕迹，不能被实物证明的过去，一如完全褪去了字痕的作文纸，谁能证明它们曾经发生过?

多想了，写文章的人大多敏感如葬花的黛玉。其实花自飘零水自流，干人底事?花开花落两由之最好，一蓑烟雨任平生最好。

密林中，蘑菇就是有，也是找不到的，何况父亲说："蘑菇确实快要断种了，在山上钻了一上午也没找到几个。"这让我颇有些诧异。想来蘑菇虽然无须进行光合作用，却需要通风，林子太密，它们无法呼吸？揣测而已，没有科学依据。

童年的夏天，雨季的山林是野蘑菇的王国。尤其是家门前那座名曰鸡冠山的小山头，其山之阴，连阴雨后，千万伞军，十面埋伏，壮观得很。上山采蘑菇，既是劳动也是游戏。每每出发前，父母总要叮嘱："颜色越鲜艳的菇子，就越可能有毒。"这话后来想起来颇有些哲理，与世间某些事物和现象颇为契合。

山中蘑菇百十种，吾乡人只采数种：枞树菇、绿豆菇、老鼠脚、喇叭花、鹅蛋黄、鹅蛋白，余者多弃之不顾。这些名字都是乡人的叫法，虽然土气，但更形象。比如大名松乳菇的枞树菇，乡人又谓之茅草菇，通常生长于枞树的树蔸下，或者茅草丛中；大名绿菇的绿豆菇，菌盖上的斑点一如绿豆。

味道尤鲜美者，是喇叭花、老鼠脚和枞树菇，与瘦肉、青椒或炒或炖，食之顿生仙风道骨。只是并不舍得吃，好滋味可以换点油盐钱。

写到这里，想起有一年在海南分界洲岛的一条街上，看见当地十数个农家老太太坐在马路牙子上，一边嚼槟榔一边卖野生鸡枞，个极大，一只有一两重，我从未见过，上有小虫出入，嗅之有干香，味道想来也很好。然而这还只是野蘑菇中的小字辈，今日闻说云南施甸县的芒别村，村民捡到三只巨无霸级别的野生蘑菇，最大的一只生生有八斤多重。有图佐证，实非传言。一方水土养一方风物，云之南与海之南多异俗奇珍，用不着太过惊诧。

吾乡地处吴头楚尾，除山水壮伟辽阔之外，所产之人和物多纤巧。南方有佳人，比如大乔和小乔；南方有佳物，比如地衣以及蘑菇。

芥记

在河南桐柏吃到一味菜，蒸荆芥。青花瓷盘中，桃心形叶片嫩碧如二八佳人，其上所裹面粉冷白如冬霜，举着筷子犹豫再三，怕冒冒失失唐突了风月。待到众人运箸如飞，方才搛起数片塞进嘴里，浓烈芳香穿齿凿鼻，辅以蚝油、香油、生抽、大蒜、油辣子和盐醋，鲜美似非人间物。

中原人喜食荆芥，桐柏之外，所到淮阳、淮滨、鹿邑、息县诸地，餐桌上必有荆芥。或清蒸，或凉拌，或羹汤，或炒腊肉，或制饼，或做炸酱面，神通如无所不能。中原人说某人见过大世面，以荆芥作比，“这个人可以，吃过大盘荆芥”。说办事不顺屡屡碰壁，也以荆芥作比，“不吃荆芥尽是荆芥”。如此如此，我在中原也吃过大盘荆芥。

在淮河岸边的菜园子里见过荆芥，花叶似曾相识，想来吾乡吴楚之间的山野里也有之，只是乡人从不食荆芥，也不认识，当作与作物争肥的野草，多薅之于锄耒。

不吃荆芥，芥菜却是普遍种植的。芥菜苦而辛，滋味并不见佳，远不如其近亲清甜柔美的芥蓝，但纤维粗硬利于肠胃，又兼有平肝明目之效，所以母亲每季都点上一畦，多用于腌渍，口感颇好，腌芥菜心尤其是好菜，只用来招待尊客。芥菜的变种如榨菜、雪里蕻、大头菜之类，腌制后作为下饭小菜，大咸大辣大油大味存焉，乡人也多喜食。

乡人笑某某人老且丑，谓之“十月老芥菜”。在一些地方，“十月芥菜”则用来形容少年男女情窦初开，当是芥菜在十月起心开花的缘故。香港大来影业公司在二十世纪五十年代出品过一部电影，名字就叫《十月芥菜》，邝山笑、紫罗莲、罗艳卿、白明、刘桂康、伊秋水诸君，缱绻温柔笑泪悲欢，演绎有情人终成眷属的老套爱情故事，纯然鸳鸯蝴蝶派的风格与风情，却俗得好看。

清人朱彝尊《食宪鸿秘》记载水辣芥菜腌渍法，周详得很，可按图索骥。其《细拌芥》一条说：“十月，采鲜嫩芥菜，细切，入汤一焯即捞起。切生莴苣，熟香油、芝麻、飞盐拌匀入瓮，三五日可吃。入春不变。”自孔老夫子畅言“食不厌精，脍不厌细”起，讲究饮食精洁蔚为风尚，历代山中高士、朝中国士、出世僧尼和江湖野人，多有专精于饮食之道口腹之欢者，今人更是有过之而无不及。无条件享受的，可以借助于想象和文章。思美人而不得，可以寤寐思服辗转反侧。思美食而不得，不妨过屠门而大嚼。张岱老境落魄如野人，写禊泉之水兰雪之茶，写乳酪醉蚶煮蟹，写风栗风菱鸭汁熬白菜，一样玉液珠胶雪腴霜腻，有二十四桥下波心荡冷月无声之幽情。

我对青芥末怀有极大的敬畏之心。第一次吃是十几年前在温州，满桌海错琳琅，金枪鱼梭子蟹淡菜血蛤海瓜子龙须菜之类，其间小碟数只放各色调料。中有一物青色糊状，以为是青辣椒酱，执蟹螯蘸而食之，初不觉辣，两三秒钟后，辛辣之味如山洪如烈焰在口中强烈暴发，一股英勇辣气直冲鼻孔、眼眶和脑门，一时鼻涕眼泪纷披如瀑，几乎晕眩窒息，形容惨极，赶紧离席冲向卫生间。后来吃得多了，掌握了吃芥末不能闭嘴巴的诀窍，虽然不再十分惧怕此物，却也从此有了井绳之畏。

芥，弱草也，些小微物，却让皮厚肉糙如我者敬畏如斯，也可一叹。

晚间在衙前河畔乘凉，见在水之湄草色连波，众芥团团簇簇，卑微得很，也倔强得很。庄子《逍遥游》里的芥舟，世人眼中的尘芥、草芥、毫芥，一芥都不可小觑。秋风起兮，凉意袭人了。

碧涧羹与辣糊汤

行走中原七日，淤土之下，尽是石锛龟甲，尽是《尚书》《春秋》，沿淮胜迹足以餍眼惊心，只是饮食多生冷，苦了南人娇弱的肠胃。且走且停到了鹿邑，竟然有自助餐可吃，菜品灿若明霞热气腾腾，且风味与吾乡菜肴略无差别，卷袖舒体而大嚼，肠肥脑满，有三军过后尽开颜之乐。

最喜北人的馒头与辣糊汤。

北地盛产小麦，面粉之优远为南方所不及，风物所钟，北人面食极白极香极筋道，花样又繁富，食之不念大米不起乡愁。最可称奇的，是古宛丘淮阳有空心面，粗细与普通面条无异，中通外直如莲茎，高汤渗入腠理，尤其鲜美。

辣糊汤一名胡辣汤，据传是河南人的发明，为中原三大名吃之一，以逍遥镇最为正宗。其汤融淮水、海带丝、面筋、腐竹、千张丝、土豆、冬瓜、萱草花、香芹（或芫荽）、姜末、葱花、胡椒、花生米、淀粉之类于一锅，既香又辣，如夏秋之季的淮渎之水，气势浩荡苍茫，有容乃大。

就馒头烩面韭菜合子喝辣糊汤，吸溜吸溜吸吸溜溜，风扫残云，未到逍遥镇也逍遥，成仙之一法门。

安庆也有辣糊汤，昔年求学，母校食堂早餐偶尔有售，一毛钱得一大瓷缸，外加肥硕包子馒头两三只，足以疗饥，街头摊点也随处可见辣糊汤之名。南北菜肴风格滋味差别极大，往往南橘北枳，唯辣糊汤一品几无参差，物既美好价又极廉，为平民所喜。

吾乡岳西无辣糊汤，做汤讲究清透本色，很少勾芡，汤中荤素如丘山历历然。譬如芹菜汤，取溪边初生水芹的嫩叶，坐锅加油烧热，以葱花炝锅，加芹叶姜末稍微翻炒，注入清水，添油盐烧开即可，视之青碧可怜。

宋人林洪《山家清供》有碧涧羹一条：

芹，楚葵也，又名水英。有二种，荻芹取根，赤芹取叶与茎，俱可食。二月三月作羹时采之，洗净，入汤焯过，取出，以苦酒研芥子，入盐少许，与茴香渍之，可作菹。惟瀹而羹之者，既清而馨，犹碧涧然，故杜甫有“香芹碧涧羹”之句。或者谓芹，微草也，杜甫何取焉而诵咏之不暇？不思野人持此，犹欲以献于君者乎？

古人斯文风雅，仅命名芹菜汤为碧涧羹即可知，羹名碧涧，一如市井乞儿一朝超列仙班，如蛹化蝶，再也找不到比这更信更达更雅更妙的词。

辣糊汤雄浑如大江大河，碧涧羹灵秀若小池小溪。

野人献芹，或者野人献曝，固然鄙陋，其美意却也如楚葵暖阳，丹心可昭日月。我以辣糊汤和碧涧羹为天下一流美食，以为海错山珍莫过如此，家中若来尊客，也当效仿古之野人，洗手烹调而献之，似可谓之山人献羹。

番茄

浙西常山的紫苏鱼风味一绝，数次自皖入浙，必绕道数十里索食于路旁酒家。那里的青番茄炒腊肉也很妙，番茄取青硬未熟者，切成半月形薄片，与腌猪腿肉和青红二色辣椒同炒，满盘青碧红艳，番茄酸脆腊肉绵香，甚鲜美，食之有凉风习习于口齿间。吃紫苏鱼和青番茄炒腊肉，佐以啤酒三五盏，肚肠淋漓有墨气，真是痛快，每每欲呼“常山赵子龙来也”。但子龙家在河之北，此常山非彼常山。

浙人多巧思，青番茄炒腊肉也是一个例证。吾乡父老食番茄，生吃之外，无非番茄蛋汤和番茄炒鸡蛋，似乎番茄与鸡蛋是焦仲卿与刘兰芝，一刻离间不得。糖渍番茄和番茄酱，则是孩儿们的偏好，大人多不喜甜食。番茄与鸡蛋，说起来也是绝配，熟红明黄，汤汁腴美，有布衣富贵气。百余年烹法不改，是品质与风味的顽固坚持，也是山里人的实诚与朴厚，只是稍乏创意耳。

吾乡木瓜冲本无番茄，幼年时初见，是在芜湾外婆家。水边一畦，挂青果红果数百枚，外婆视为珍物，每隔一日摘下一箩筐红熟者进城去卖。番茄的特殊气息勾人馋虫，王家大老屋里有十数匹小饿狼，从各个角落向番茄地射去贪婪绿光，老太太进城的间隙，或假装钓鱼，或假装浣衣，或假装路过，草蛇灰线各显神通一人攫得一二枚，躲在无人处狂喜而大嚼，番茄籽汁糊满嘴唇和下巴。枝上番茄多青涩，酸得尿淌，那时我并不爱吃。

南北风土差异不知几千里，食材和烹饪之法也大相径庭，海滨的花蛤在原产地上桌，风格一味清淡，所谓见素抱朴，食之有与西施接吻之妙，到了江淮之间，大咸大辣大油，吃起来如同与武夫生死决斗，名字也成了不明所以的花甲。就如番茄，他乡做成番茄菜花、红三剁、番茄裤带面、茄汁白玉菇、番茄饭卷、菠菜炒番茄，花样款式无穷尽，有千百种风味与风情。即使是各地都有的番茄鸡蛋汤，噱头不同手法各异，其滋味也是西蜀南阳。只有樱桃番茄生吃起来别无二致，咬破其肌肤，玉液琼浆灌满齿颊，也玲珑好看，为之取艺名圣女果的人，似有言外之别意。

我吃过的最美味的番茄，是野生小番茄。说起来是野生，其实无非是番茄的种子遗落在野地里，未经浇灌自生自长。其果实也如圣女果一般娇小，圣女果细头细脚丰腰，野番茄则圆润如古珠，嫣红莹洁，摆在案头可作山家清供，味道也极清芬，有山野晨光里的草树气息。

番茄引进于清代，名字冒着土气，不如西红柿洋派。番薯番豆番瓜番葱番石榴，带番字的蔬果，从外邦异族传入中土时，一如小妻进家门称之为妾，名字里有显见的轻视意味，天朝上国的自信和自诩，由给外物取名也可见一斑。但往往妻不如妾，番果番蔬早已登堂入室，俨然一品诰命夫人。

番茄，读音宛转，胜过让人舌头打卷的西红柿。

乡人留番茄种，采极熟的番茄捏成糊，以草木灰拌和，贴于通风阴凉的弄巷墙上，色青灰，貌如酥饼。

山芋

第一次在星级宾馆的餐厅里见到紫山芋，根本不敢动筷子，以为是人工染色所致。及至听说这是日本人发明的名曰“阿萨姆甘薯”的山芋新品种，才半信半疑夹来一根，一尝，发现味道与普通山芋其实并无不同。物以稀为贵，况且传说紫山芋具有减少基因突变乃至防癌抗癌之类的特异功能，所以其价高出数倍。然而特异功能云云，实未敢信。

我太熟悉山芋了，在二十世纪七八十年代，它曾经是庄户人家填饱辘辘饥肠的主食。昔年的秋天，故乡木瓜冲的田地里通常只有三种庄稼：水稻、玉米和山芋。水稻是细粮，玉米和山芋是粗粮，勤俭的庄稼人总是搭配着吃。从我记事时起，村庄里每户人家每天的晚餐，基本上是一锅蒸山芋，外加一盆子萝卜或者青菜。如果没有山芋，当年木瓜冲肯定有许多人要饿肚子。事实上，不仅仅是木瓜冲，包括中国乃至世界上众多的国家，都应当感谢山芋，感谢印第安人。很长时间里，是印第安人发现的山芋，养活了地球上的人类。最近的《读书》杂志上，一篇学者文章更是明确指出：世界人口的快速增长，与山芋密切相关。

木瓜冲“本土”的山芋原是红心的，糖分足，吃起来就像糖稀，但产量不高，而且经常长成歪瓜裂枣的样子。后来，引进了一种白心的，不仅富含淀粉，长相也堪称俊美，产量是老品种的数倍。红心的山芋可以用来熬糖，白心的则可以用来提炼山芋粉。山芋糖黑不溜秋的，除了焦甜，没其他滋味，在那个糖很金贵的年代却是个好东西，只是大多数人家舍不得熬。山芋粉却是家家户户必备的，做菜当饭都是好东西。尤其是用它做成的山芋卷子，方方正正，油滋滋，香喷喷，如同红烧肉，但口感肥而不腻，母亲隔段时间会做一次，给一家人杀馋。还有用山芋和鸡蛋做成的水碗，更是一方名点，不过那时只有在逢年过节时，母亲才肯奢侈一回。

山芋有一副好德性，易栽，易管，易长，与朴实憨厚的庄稼人的品性相匹配。初夏季节，把种芋（木瓜冲人谓之“山芋娘”）往土里一埋，要不了十天半月的，就牵出长长的藤蔓。用剪子把藤蔓剪成一截截五寸长左右的小段，扦插到地里，施一点基肥，就任由其生长。期间只用翻一次藤，锄一次草，只要雨水充足，秋天必有好收成。如同怀胎十月的孕妇，只要往那地面发裂处挖，就能挖着一只只膀大腰圆愣头愣脑的果实。揣几只到口袋里，进山砍柴，下田干活，渴了可以当水果，饿了可以当午餐。

烤山芋当然是美味。街头经常遇见烤山芋的摊点，用油桶改装的炭火烤炉，上面堆着烤得外焦里黄的山芋，一位乡下老妇人或者老爷子持着火钳在炉子里鼓捣，脸上白一块黑一块的，望上去总觉得亲切，如逢着多年未见的父老。偶尔也称一两只尝尝，是念旧的一种方式吧。但与少年时在木瓜冲用火堆烤山芋相比，烤炉还是太文气了一点，味道也有所逊色。

秋末冬初，庄稼人都要烧草木灰，用作点菜种麦的肥料。祖父在世时，逢着烧草木灰，必然在傍晚的时候，把十数只大个头的山芋塞进火堆里，第二天一大早捅开取出来，塞一只到我手里。那种混合了山芋以及山间草木的气息、纯正而浓郁的特殊焦香直扑鼻孔，吃一次，一辈子都难以忘怀。

山芋如今在城里俨然贵族化了，成了酒楼里山珍海味丛中的点缀品。在乡间，山芋的种植量也大为减少。我的父亲，木瓜冲最勤勉的庄稼人，这些年也只在两块边角地里种了一点。上次回家，他正在收山芋，总共才四五百斤，而早先，我家山芋的收成是五六千斤。除了人吃，剩下的用来喂猪。衣食丰足了，山芋渐渐退出历史的舞台，木瓜冲许多人家早已不种了。父亲仍然种一点，大约也是怀旧的意思吧。

锅边溜·烊汤·豇豆饭

味蕾的记忆功能往往比大脑更强大。许多陈年的物事，即使在当时以为惊天动地永不磨灭，却也只在大脑的沟回里作短暂停留后，就被自动清除，无影无踪。然而吃过的美食，哪怕只是尝过那么一次，也能在舌头表面的小突起上录下久远的信息，多年之后在某个安静的时光里反刍，那滋味必然毫厘不爽地重返齿颊。

因为味蕾的自动钩沉，在菜肴丰盛的酒席上，面对满桌生猛海鲜或者飞禽走兽，我常常想起年少时在乡下经常吃的三种美食：锅边溜、烊汤和豇豆饭。只要想起它们那种土里土气或者说原汁原味的滋味，满眼奢华肴物就会顿时黯然失色。

二十世纪八十年代南方山区的农村，刚刚跨过温饱线，在我们木瓜冲，农民更因为忙于稼穑，不仅没有条件更没有时间制作精美的食物，于是方便快捷而又经济的吃食，像锅边溜、烊汤和豇豆饭，就三五不时地占据餐桌。

锅边溜是一种烘烤型小麦粑，其做法是将发酵好的面粉，一大坨一大坨随意贴到锅沿上，任其沿锅往下淌成鸭舌帽的形状，然后塞几把干柴，待到面粉膨胀，底部焦黄，即可掀开锅盖开吃。而贴锅边溜，锅的正中，必然煮上半锅黄瓜、豇豆、茄子这些园中蔬。锅边溜出锅时，菜肴也早已烂熟。吃的时候，手拿一只大大的锅边溜，就着满满一老海碗菜肴，啃一口锅边溜，吃一口菜，锅边溜的一面松软可口，另一面黄脆焦香，熟透的菜肴则入口即化。所以吃锅边溜，不仅吃相威武气派，而且黄澄澄、脆嘣嘣、香喷喷，可谓有色、有声、有香。

因为锅边溜制作简单，那些年，我们乡下人家常当作早餐的首选食物。那时候，乡下人不分男女老少天麻麻亮就起床兴田种地，回到家至少七八点钟，早已饥肠辘辘。贤良的主妇前脚迈进家门，后脚就到了灶下，但见她往灶洞里塞柴、点火，往锅里添水，然后和粉做粑，洗菜、切菜、炒菜，往锅沿上贴锅边溜，盖上锅盖，这一系列动作完成得迅捷流畅。至多不过二十分钟，自家的男人和孩子，已经一人抓得一只锅边溜啃得一片子脆响了。

烊汤也是面食，有点类似面疙瘩，但并不是一回事。把面粉加少量水调和成颗粒状，然后均匀地撒进沸水里，一边用筷子快速搅动，不消五分钟，糊糊涂涂一锅烊汤就做好了。用大海碗盛着，趁热就着腌渍的红辣椒丝、刀豆丝、月亮菜丝、姜丝一通猛喝，有点吃稀饭的意思，但比稀饭爽滑、耐嚼。讲究的人家，一般还在烊汤里加进嫩生生的南瓜或者葫芦，再放点油盐，这种混合烊汤，味道极鲜美。

烊汤多作为夏日的晚餐。乡下人劳作了一整天，到得月明星稀荷锄归家之时，已经非常疲惫。这个时候，端一把竹椅，坐在院子里的大板栗树下，一边慢腾腾溜溜有声地喝着烊汤，一边与老邻居散扯些农事、家事乃至鬼神事，汗出汗消之间，身心顿时凉爽受用。所以，这喝烊汤，有那么点消闲意味。

锅边溜宜当早饭，烊汤适合当晚餐，而豇豆饭最好中午吃，因为豇豆饭最扎实。做豇豆饭，要选豇豆籽饱满得呼之欲出的那种豇豆，乃因这时候的豇豆籽接近老熟，吃起来甜润润粉团团，以那种名曰“洋胖子”的外来品种最妙。把豇豆切成均匀的小段，用油盐炒至半熟，用盆装好，再把米煮成饭胚，与豇豆一起放到锅里，用猛火烹一通，接着用文火烤一通，待到饭已半黄，锅巴厚结，香气袭鼻，豇豆饭就大功告成了。

豇豆饭既软且香，不用另做菜肴，而且容易饱肚子，结结实实吃上两大碗，哪怕是做抬石头、打屋基、割稻子这类体力消耗极大的活计，也不用担心胃会中途叫饿。然而豇豆饭毕竟不能常吃，比较耗油耗盐，所以煮一顿豇豆饭，就算打了一顿牙祭。

节衣缩食的时代已经过去多年了，木瓜冲也不再是地道的乡下，而与城市渐渐浑然一体了。闲暇时回去小住，母亲烧的饭菜，仍然是纯正的山乡农家味道，只是锅边溜、烊汤、豇豆饭这些美食，已不再出现在餐桌上。而城里，许多打着土菜、农家菜旗号的餐馆，尽管想出许多招数招徕顾客，可是似乎也从未有哪个店主想过，把锅边溜、烊汤、豇豆饭请到正经的筵席上。空留那旧时滋味在味蕾间徘徊，时时勾起我的念想。

蘘荷

蘘荷初上市，其价昂贵得令人咋舌，市价每斤卖到五十元以上。无论是城里的星级饭店，还是乡下的土菜馆，都把它当作一盘正经上等菜，写在菜谱的首页隆重推荐。做法也都是切成片，用青椒武火爆炒，放点油盐，用盘子盛了端上来，大红配大绿，艳而不俗，更兼姜香浓郁扑鼻，食客一见，立马胃口大开，伸箸大快朵颐。

蘘荷这个名字风雅而清古，听起来仿佛是旧时大户人家小姐的芳名。想象中，叫蘘荷的女子，一定是云鬓花颜，杏眼月眉，撑一把印花油纸伞，着一袭美丽绿萝裙，在水边袅袅婷婷迤逦走过，像一朵开得正好的睡莲。

现实中的蘘荷，却是一身朴拙厚道的乡土气，生在土里，长在土里，土里发芽，土里开花，长在地面上的叶子形状有点像美人蕉，但安静持重过之。事实上，蘘荷的别名之一种，就叫土里开花。当然它还有不少雅致脱俗的名字，比如观音花、莲花姜、嘉草、芋渠、阳荷。这种植物也真是奇妙得很，花不开在茎叶上，而是开在椭圆形绛红色的根茎上，花的形状也正如它的别名，如同莲花朵朵，花色淡黄或白。

我认识蘘荷很早了，几乎与我的年龄一样长。但我从前一直不知道它的大名叫蘘荷，直到最近从一位懂些植物学的朋友那儿，才偶然地长了些见识。其实，在皖西南乡下，我们一直叫它洋红姜。姜好理解，原本它就是姜科姜属，且有明显的姜味。红当然是指茎的颜色。说它洋，我就有点弄不明白了，因为它并非引自他国，并不洋，《周礼》《史记》《后汉书》以及一些古代的志书如《广西志》《黔志》，早就有关于蘘荷的记载。于是只有一种解释：我们本地原本并没有蘘荷，先民从别处引进来，以为它来自西洋，所以取了这么个名字。

襄荷是一种很好养的植物，喜肥，喜湿，所以我们乡下一般把它种在树荫下土壤肥沃湿润之地。栽下去也不用怎么去管它，间或除除草而已。到了盛夏，只用提了篮子，带上挖土的铁勺子，往枝叶底下掏挖，就必然有丰硕的收获。我儿时与母亲一起去地里掰过很多回。对，是掰，从根茎上“啪”的一声脆生生地掰下来。回家用山泉水洗了，切成片或者丝，再用水漂一次，完全清除掉泥巴，加上青辣椒一炒，就是一盘时鲜好菜。不仅味道香，入口软，而且有活血通经、镇咳祛痰、消肿解毒的药用。

襄荷入菜谱，不过是最近几年的事。即使在我们乡下，襄荷早先也一直算不得正经菜肴，来了客人，是不能作为一道大菜端上席面的，可能是因其出身微贱之故吧。但是在像娶媳妇嫁女、孩子抓周、学子高中、老人仙逝一类的盛大宴席上，它又是一道不可或缺的风景。这个时候，它是以腌制小菜的面目出现的。

乡下的巧妇把襄荷与韭菜、红辣椒一起，腌到菜坛子里。用到襄荷的时候，把它鳞片覆瓦状排列的圆茎一片片地撕下来，在小菜碟子的四周码成莲花式样，再把腌红辣椒切成花瓣状紧挨着襄荷也围成莲花式样，最后在碟子中间放上腌韭菜，撒点麻油，一道有色有香有味的精制小菜就制成了。端上桌，正是酒事尾声，宾客就着襄荷佐饭，往往能多干掉一老海碗米饭。

卷三

木欣欣

《百花鸟图》（清）余曾三 绘

杨梅记

在余姚喝杨梅酒，一众人大呼小叫，露腹一倾三百杯，嘴角衣领指掌之间红艳流滴，痛快是痛快了，可惜唐突了风月。杨梅酒是酒中尤物，玉液金浆淋漓可爱，琥珀之色端重华贵，当如品夜光葡萄酒，月下举杯轻摇之，浅荡之，眼迷离看之，沾唇欲湿，才可以渐入佳境。

正餐前上杨梅汤，清新怡目酸爽开胃，饮之口舌生津暑气全消。

以为杨梅酒是大家闺秀，容止若思；杨梅汤是邻家小儿女，一味调皮。

浙江自古多杨梅，翠叶苍枝离离红果连山连市，余姚则是杨梅的原产地。此前，在河姆渡遗址博物馆见到杨梅花粉，距今迢遥七千年，也见到一双新石器时代古人类的完整头骨，一男一女。在余姚吃杨梅酒饮杨梅汤，如在龙宫闻龙涎香，在西王母宴上吃蟠桃，得其所哉。

吾乡岳西地处江淮间，有青梅，素无杨梅，街中水果店所售杨梅，辗转倒腾多已败坏，颜色暗黑不堪，味更不佳，如腐水，如烂西瓜。吃杨梅首要的是图个新鲜。白居易《荔枝图序》说，荔枝若离了本枝，一日色变二日香变三日味变，四五日外，色香味尽去矣。杨梅娇嫩，也如荔枝。

乡人老四，江湖人，混迹南方数十年，后寄居温州。其人貌似粗鄙实则心诚如石，肝胆披沥有古人风。相识许多年，年年岁岁六七月杨梅熟时，老四必起一个绝早，在乡间亲督农家上树采摘杨梅数十筐，然后开着空调长驱一千余里归乡，分送诸旧识。朝发夕至，吃到时，杨梅犹然和烟带露，似仍未睡醒，随筐而来的杨梅青玉枝可作插花。此中高谊，不亚于唐明皇为杨妃邮传岭南荔枝。

杨梅果肉丰腴绵软，吃起来甘液迸流，杨万里说其玉肌半醉，陆游谓其骊珠，我以为如绛雪，食之可以忘忧，但觉人间十分美好。

东方朔《林邑记》曰："林邑山杨梅，其大如杯碗，青时极酸，既红，味如崖蜜，以酝酒，号梅香酎。非贵人重客，不得饮之。"

东方朔惯好大言，鬼话胡话连篇，吾乡所谓扯白，读其《海内十洲记》可知一二。其人博学多识，其言则多虚诞，不得已而信之，也得打个大大的折扣。世上确实有林邑，为古国名，后改名占城，在今越南中部，汉时归属象林郡，林邑即象林之邑的简称。只是杨梅大如杯碗，很难令人信服。

从前未吃过杨梅，读《三国演义》曹操青梅煮酒论英雄一节，以为青梅就是杨梅，也以为望梅止渴典故里的梅子是杨梅。长居山野，少时少人教导，连山中常见鸟兽草木之名也大多不识，何况他乡风物。

杨梅有五十余种，有白杨梅，果实颜色乳白，杭州人和扬州人称之为"圣僧"，至今不知何意。苏东坡诗《闻辩才法师复归上天竺以诗戏问》有"此语竟非是，且食白杨梅"之句，当是语藏机锋，如赵州和尚"吃茶去"。

桃花流水

早上经过护城河畔，迎面一树白碧桃开得正好，上有麻雀在跳跃呼朋。桃花盛放于枝头，如闺阁女子的芳心，是静寂里的热闹，麻雀一味调皮，以人观鸟，热闹似也太过。热闹叠着热闹，像“囍”字，福来双至，见者上上吉。

任伯年画过很多《桃花小鸟》，其中一幅恰好就是这个样子，花笑鸟啁扑面盈怀，有紫气东来的喜气。吴昌硕有一轴《桃花流水图》，着墨一味清简，水渚孑然一枝而已，老枝枯淡萧散，花瓣设色拟张孟皋，微作胭脂红，品味境界尤佳。

桃花流水，古人谓之桃花浪，有彩云飞动之美，桃花似静实动，流水似动实静。桃花浪是浪里桃花，也就是桃花汛，并非字面的轻薄。往昔芜湾外婆家门前有一鞭溪，溪边植有桃花七八树，三月花开的清晨，村里的女子一字排开，跪在溪边石头上洗衣服，花瓣随风落在人头上，落在溪水中，水流花谢，山苍树绿水白花红，令人惊艳。曾在博物馆中见过几款明清锦缎、手镯、瓷器、家具和窗棂，上面錾绣有桃花流水纹样，富贵气与草木气并存，与芜湾春浣图景神貌相似。着桃花浪锦绣者，当有倾城颜色，如一树夭桃，之子于归，宜其室家。

家中院里也有几棵五月桃，系父母手植，花期略为迟些，这时候还是花苞。品种却极佳，阴历五月结数百只大过拳头的桃子，先期清脆爽口，老熟时红香软糯。那一二十天每日坐在树下，摘来顺手用衣袖揩一把就吃，以为有差似侯门的阔气。有数枝伸出院墙外，正好向阳，熟得自然早些，桃尖艳红，果实更为结实肥厚，家人也不摘，供有缘的路人解馋吧。就像桃花春色，见者有份，均沾吉祥。

桃花大富大贵如年画，如浮世绘，如门上春联，如上元节的龙灯狮舞，如室中金满盆玉满钵，是大红大绿显而易见的福祥。人间极欢乐极快意的事都是很直接的，吃方寸厚的斧脑肥肉是一种，读《西游记》原著女儿国国王引诱御弟哥哥占凤乘鸾是一种，看桃花妍媚如千只明眸顾盼生姿是一种。

桃花流水，很喜欢这个四字词组，读来有灵秀湿润之气，观之有花飞水流之美。一字不可换，若是落花流水，就沦为了矫情痴癫的伤春，格调要低许多，“落”字尤其为世人所不喜。伤春悲秋是林黛玉的路数，不若薛宝钗桃花般通达明艳。种花当种桃，娶妻当娶薛。

前人常画扇，也在纸扇上画桃花流水，多是簇簇拥拥挤成一团，让人眼睛不得闲。其实画桃花流水要学吴昌硕，画一溪一草一枝横斜几点桃红水上漂就好，连桃树和鸟儿也不必有。执扇的人最好是薛宝钗，她的满月脸与桃花相配。前几天重读了一回《桃花扇》，一把定情纸扇演绎家国兴亡人事流离，李香君的血在扇子上溅成一树桃花，以为李香君身上也有林黛玉的影子。

“桃花流水，不出人间；云影苔痕，自成岁月。”这是徐霞客写云南富民桃花的句子，其味清嘉如碧桃，可以请书家写了挂到墙上。

木瓜

木瓜，木上之瓜，缘木不可求鱼，爬树却可得瓜。其瓜形如菜瓜，色泽稍别，更像梨。

衙前河云水淼淼鹭鸶飞，两岸有夭桃秾李，绿柳黑松碧竹，枇杷石榴芭蕉，有识与不识草树数十种，我每天经过河堤，四季皆有好景入眼入心。其中有一棵年少的木瓜树，结了六只木瓜，青果之上星光点点如银河，大小已如胖婴的小拳。今天早上数了数，少了一只，怅怅久之。

起初我并不知道那是木瓜，或者说我根本不知木瓜是何物。其树干色如青檀，树皮片状脱落，叶似樱桃，花开灿烂似桃李云霞，果又像鸭梨，我注意它有大半年了。某天去莳花弄草以为乐的友人家中，在其庭院中见到类似的一棵，她说是木瓜，当时很讶异。说来好笑，我的家乡就叫木瓜冲，旧时当是木瓜累累之乡，我也在文章中多次提到木瓜冲之名，数十年来在木瓜冲我竟然未见过木瓜树。

木瓜冲无木瓜，好比金山无金，诗人无诗，徒有虚名尔。

友人说，木瓜有二种，一种光皮木瓜，一种番木瓜。

光皮木瓜即衙前河岸的木瓜，果皮干燥后表面仍光滑，老熟时色黄而香，是药，蒸煮后可以食用。光皮木瓜又称宣木瓜，因宣城木瓜古来有名，南北朝时列为贡品，李时珍所谓“木瓜处处有之，而宣城者最佳”。宋人朱翌《宣城书怀》和明人孙作《送人往宣城》两诗，都写到宣城木瓜。

番木瓜，外来之物，可生食，据说味极美，今繁盛于两广以及桂闽滇台。在图画中见到，其树只有一根主干，绝无旁枝，果实肥硕若熟女之乳，团团簇簇聚于枝头，一如南国的椰子和槟榔。光皮木瓜则繁枝茂叶，果实无序散落于枝叶间。

《诗经》云："投我以木瓜，报之以琼琚。匪报也，永以为好也。"初遇木瓜，当是在《诗经》里。《木瓜》诗里的木瓜以及木桃、木李都是微物，琼琚、琼瑶和琼玖则是美玉，投木报琼，义在永结同好，为同枕之欢，或者金兰之契。古人慷慨重情如云烟之恋岩岫，可慕可追。

孔夫子云，读诗可以多识于鸟兽草木之名，于我，识名而已，仍不识草木本尊，终是无益。人生欲饱学何其难？想起贾岛的一句诗："欲买双琼瑶，惭无一木瓜。"

石榴

秋后岳西夜市上的时令水果，最多的是石榴。每次散步经过，秋风远远送来石榴的气息，芳洌而甘美。那些饱满滚圆的红白尤物，略略看上几眼，齿颊就不自觉地酸麻，于是条件反射想到怀远。怀远与石榴就像砀山与梨、绍兴与黄酒、盱眙与龙虾、吐鲁番与葡萄，物产与地名相嵌合相映照，联袂偕行，伉俪于飞。

有一天晚上我微醺，踞坐滨河公园石凳上，捧石榴而大嚼，自顾自地独享口腹之欢，仿佛在赴王公贵胄的盛宴。我以为酒后吃石榴，美好如对可意人，如餐明月清风。当时很想学一学草丛里的金铃子，在河堤柳荫下清唱一支自制的《石榴词》："北方佳果名石榴兮，形如玛瑙味冷芳。玉液沁肺心欢喜兮，醉歌徘徊长河旁。"但我不敢，这个城太小，或许第二天就会生出某某人得了失心疯的传言。

童蒙时就知道怀远出石榴，知道怀远石榴名闻天下。也仅仅是知道而已，至于石榴是个什么样的东西，是什么样的滋味，我是确凿不知道的。吾乡木瓜冲既不产石榴，也不产苹果、橘子、柿子，南方的香蕉、荔枝、桂圆、椰子、火龙果更是遥远的传说，偶尔能见到数树土枣酸梨、几架葡萄癞疤桃而已，挂果时节还必有婆娑一老凛然把守。县城自然有卖的，那是城里人的特供，乡下人断然不敢问津。这些年地域的分野至少在物产方面混淆了许多，异乡的蓝莓、草莓、柿子、石榴之类也在吾乡落脚生根，味道虽然有所参差，竟然也长得很好。也不奇怪，汉庭的公主在西域也可健康生存，"披发左衽"罢了。

我第一次吃到石榴大约十岁，谁给的已不可考，肯定不是买的，只记得母亲当时说："石榴小伢吃不得，吃了趔牙齿。"

所谓趔牙齿，就是牙齿歪歪斜斜如石榴籽。这自然如同说吃猪长猪嘴吃鱼生鱼鳞，并无多少道理可言，母亲也不十分确定，所以我到底分得了小半个。石榴是个什么味道？先是甜，继而是酸，接着感觉牙齿晃动，用手推推，似乎两排长城要倒，吓得赶紧还给母亲。石榴初尝，心生敬畏，不解为什么传说中美味的石榴会如此的酸。或许并不是北方的原产，而是本土化移植的结果；也或者其实并不很酸，只是小孩子要比成人怕酸怕辣许多。过了十余年，什物大有，水果终于不再远在天边，味蕾强大了，嘴也变得刁钻，爱吃石榴，尤其中意怀远的石榴。

每年秋天都吃怀远石榴，吃了好多个秋天，怀远还是很远，只可远远地怀想。这个秋天终于去了，借文学之名，其实是奔着石榴去的。

怀远石榴长在石榴园子里，这好像是一句废话，其实不是，因为之前我以为既是石榴之乡，石榴在怀远应当满街都是。似乎并不是这样。大禹文化公园周边的商店难得有石榴卖，所住长九饭店的自助餐，供应各色水果五六种，独不见石榴，观赏石榴或者说吃新鲜，要去石榴园。

写这篇文章的时候，案头上放着两颗石榴，一颗玉石籽，完整清供，一颗红玛瑙，对半掰开，都是我从怀远石榴园中带回的名品。我每写几行字，就拈几粒石榴籽放进口中，清秋夜寂寥，石榴也可充添香红袖。

我在涂山的石榴园中，望见满目累累的喜气洋洋的紫红和青白，也算得平生一个愿望的达成，心里欢喜得很。似乎并没有守园子的，石榴可以随意摘着吃，当真是“荆山为城，义在怀远”的原因吗？我下不了手，看看就好，看看就走。

石榴的花是花，石榴的果也是花，在园子里想到石榴裙，大唐的风韵有一半与石榴裙相关。唐传奇《霍小玉传》写霍小玉因情而命绝，将葬之夕，李生梦见她："穗帷之中，容貌妍丽，宛若平生。着石榴裙，紫袻裆，红绿帔子。斜身倚帷，手引绣带，顾谓生曰：'愧君相送，尚有馀情。幽冥之中，能不感叹。'"唐宋传奇多佳构，我尤喜《霍小玉传》，或也因那一抹秾丽的石榴红以及回味久之的"尚有馀情"，特别是那奈何桥头千万般的一顾。

吾乡仍少石榴而多玉榴。玉榴就是玉米，与石榴同是玉色。

乌桕

"日暮伯劳飞，风吹乌桕树"，南朝乐府民歌《西洲曲》里的句子。少年时初读，懵懂觉得空灵而美，并不知道乌桕是何物。及至后来明白了乌桕树就是木梓树，故园田野上的数百棵乌桕树，早已轰然倒伏于斧斤之下了。

乌桕树如今被视为一种园林观赏树，其形、其势、其色、其果，都赏心悦目得很。但最初，它们仅仅是因为有经济价值而得到广泛地种植。乌桕树圆球形的黑色果实，可以入药，可以榨油，果实外面包裹着的那一层白也即桕蜡，可以造肥皂、油漆、油墨和蜡烛。祖父生前曾多次跟我说，民国时期和解放初期，家里点的灯还是清油灯，那清油就是用乌桕树籽榨出来的。我髫年时，物质生活十分匮乏，一切供应都要凭票，本来就个个穷得"卵子打板凳"（故园俚语），即使有钱也买不到东西，村庄里的人就把乌桕树当作宝。到了初冬树叶落尽了，就把属于自家的乌桕树籽采下来，送到城里的供销社卖掉，换几块钱买油盐针线。

采乌桕籽是个力气活，也是一个琐碎的活。先得爬上高树，用锋利的顶刀（一种安装在竹竿上的弯刀，刀口朝上）把籽和细枝条一起剃下来，再捆好背回家，把籽从枝条上捋下来。有一年一个礼拜天，我和妹妹跟父亲去窑湾顶乌桕，父亲一失脚从高高的树上摔下来，头部撞上了树干，当场晕了过去，血汩汩地冒出来，吓得我和妹妹号啕大哭。幸亏下面是一条干涸的小河沟，细沙很泡松，没有二次受伤。几分钟后，父亲渐渐地醒了过来，看见伏在他身上的一双泪水涟涟的儿女，躺在沙地上一臂弯抱住一个，竟然嘿嘿笑了，说："劲松，淑芳，父没得事，快扶我起来。"这时祖父也赶来了，从身上撕下一块布条，给父亲做了简单的包扎。歇息了一刻钟，父亲再次爬上了树。现在想来，父亲当时的憨笑里，应当有酸楚也有欣慰吧。

晚上，一家人就着一碗炒青菜吃过蒸山芋，就一人拎一只火桶，围着堆得高过饭桌的乌桕树枝捋乌桕籽。农活没有一件是不苦的，捋乌桕籽看似轻松，其实也很辛苦，纯粹用手一粒粒地扒拉下来，不到半小时，手指就被树枝磨起泡，磨出血。风从窗隙、门缝和瓦屋顶上钻进来，吹得人直打哆嗦，眼见着手背上的皮肤被风割出一道道口子，血珠子慢慢地渗出来，顺着皮肤的纹路渐渐地洇开，最后连成一片。还记得，乌桕籽落到火炉里，烧出好闻的清香和蓝蓝的烟雾。

到了二十世纪八十年代末，农村的生活条件慢慢好转，乌桕树的经济价值也渐渐地失去了，加上它们多种植在稻田边和麦地上，抢了水稻小麦的肥料和水分，并且遮住了大片的阳光，不利于作物生长，于是开始有人把自家的乌桕砍掉，把根挖起，窨茯苓、种蘑菇或者作柴烧。然后不几年工夫，故园的乌桕树就一棵不剩，只留下一片枝叶婆娑的记忆了。

这些年，每到深秋冬初，远近都市里的闲人和摄影师，一批批赶到本地一个叫深村的地方看红叶。十数年前我也去看过，离县城近百公里处一个十几户人家的小村庄，田园上散落着几十棵上百岁的乌桕树，经霜的红叶在静默的阳光下高僧一样静默，无论从哪个方向看过去，都绮丽华艳得叫人心颤。如果故园的乌桕树还在，那血色燃烧的风景定然是要胜过深村几分的，至少，故园的乌桕树群在数量上是那里的十倍不止。若它们还在，自然是一笔极珍贵的旅游资源。然而，正如故园另一条俚语："人无前后眼。"细细一想，二十多年来，故园被砍伐的，又何止是乌桕树?

我时常怀念记忆中那些乌桕树，不仅仅因为它们曾经是贴补生计的经济林木。一九九三年秋我初出学堂门时，立志要当个作家。其时我在一家国企上班，颇清闲，工余的所有时间，我都窝在故居的西厢房里埋头读书写作，把十八岁的热血青春一行一行虔诚地码在一沓沓方格纸上。窗外生长在田埂和坡地上的乌桕树，与我一样安静自守。疲倦时望一望那些树，心形的阔大树叶，红、紫、黄、绿，参差斑驳，如百万小旗飒飒舞于秋风中，养眼得很，也养心。那时，我还以《家乡的木梓树》为题，用稚气的笔和热情的心歌赞过它们。有理想的日子寂寞而充实，不似如今，“剑佩八千岁，长入大明宫”的锐气，终于换作“尘满面、鬓似霜”。后来一到秋天，或者念及写作的缘起，我总会忆起那些乌桕树，因为它们曾是我年少理想的背景。

乌桕，植物书上说是因乌鸦喜食其果实而得名。但印象中，我从前好像没有见过乌鸦在乌桕树上栖息和啄食，倒是经常看见圆肚子麻雀成群地在树冠上飞进飞出，初冬时，乌桕籽自然落到地面上，也有不少其他的鸟类在那里觅食。也许是鸟儿都爱吃乌桕籽吧。

野果

那座村庄叫太阳村，那条冲名乌金冲，乌金冲里那一泓清溪没有名字，我叫它乌金溪。

这是八月的乌金溪，一群城市倦鸟坐在溪边海拔一千三百米的石头上，悠游地洗他们白格生生的大脚丫子。乌金溪从太阳村最高的山峰出发，沿着乌金冲幽绿的沟谷淌下来，像一把琴，或者一首慢词，低眉向红男绿女们诉说着什么。溪谷里的巨石，缄默了至少十万年，染着光阴和水草的颜色。一条黄毛细狗从溪流对岸布满青草的小径碎步跑过来，在溪边停下，眼睛水盈盈地望着我们。我躺在银白的河滩上，盯着那明澈的溪水呆呆地看，任山风吹我怀抱。久了，恍然觉得自己突然化作了一棵水草，或者一只水马，漂在白亮甘洌的溪上。

有人开始数当前的收获，一只，两只……二十三只，像山里妇人数鸡窝里的蛋。我们带来的几只编织袋，已经装了不少猕猴桃。那棵野猕猴桃树就长在溪边上，半个小时前，枝丫上挂满了沉甸甸毛乎乎的果实，像一大群黄灯笼在开会。我们嗷嗷着往树上爬，像被打了兴奋剂，掌心握住果实的一刹那，内心的欢喜绝对胜过握住一锭金子。

一支弯弯绕绕的毛竹水笕，把溪水送到百来米外的一座农家小院。一年前，友林租下了那座院子，把他的娃娃鱼养殖场从山脚下的镇子迁到了这里。他的院子里一条条沟渠纵横交错，引来的溪水从沟渠里哗哗流过，那些宝贝娃娃鱼在渠底缓慢地游行。大鱼二十来斤，小鱼刚刚孵出，算起市值，起码二百来万。乌金冲茂密的高山植被、适宜的气温、负氧离子含量富足的空气，尤其是那一泓从未被污染过的溪水，是繁养娃娃鱼的最佳地点。我春天来的时候，友林跟我说，那条溪里有很多野生娃娃鱼，深夜往往能听到娃娃鱼的叫声，像婴孩的啼哭。他还说，乌金冲周围有很多野生果树，猕猴桃、李子、山楂、板栗，等等，漫山遍野都是，到了八月份，你只管招呼些朋友，带几条大麻袋上来。于是我们就来了。

友林呼唤吃午饭的声音，从山嘴子那儿传来。围坐一张旧八仙桌，大口喝烈性白酒，大碗吃采自园中的菜蔬，像一帮草莽兼饿狼。饭后，友林指了一条摘野果的路，就忙着伺候鱼去了。

那条路就在溪河对岸，先前那条细狗跑来的地方。赤脚淌过乌金溪，上几级石阶，再拐过一个小山弯，就望见草径两边成片的山楂树，算盘珠一样的山楂果，红红黄黄青青，缀满了枝头。一行人“乌啦乌啦”欢呼着冲向山楂树，手如飞梭，并不忘把最红的果实塞进嘴里。既甜且酸，粉团团的，是山的味道。

野板栗树就长在距离草径不远的山丘上，枝条把婴儿拳头大小的绿刺球举得高高的。摘下来，寻一块石头小心砸开，里面的肉柔嫩清香，吃到嘴里，鲜甜，齿颊留芳。这个季节还不是收获板栗的时候，友林在饭桌上说过，等到深秋板栗成熟了，落在草丛里，只用趴在地上用手捧。

往更深的山里走，去寻猕猴桃。有人说，野猕猴桃美容，此行哪怕上刀山也要多摘些回去。太阳村林海茫茫，榛莽丛杂，虽说猕猴桃很多，却不易发现。倒是发现了一棵枝繁叶茂的野李子树。李子树至少有两百岁了吧，枝条瘦硬，密布长刺，金黄而玲珑的李子，像圆溜溜的童眼，在簌簌枝叶间闪光、跳跃。我借着酒力，一马当先爬上树梢，把李子一把把捋下来，一只只扔进嘴里。手臂划了几条口子，也不觉得痛。山风凉凉地吹来，我坐在枝杈上，就这是传说中的玉树临风？

继续找猕猴桃，遍寻不着。一个衣着破旧的中年妇人正好扛着锄头路过，好奇地问我们找什么。她说话大舌头，听起来嗡嗡地，然而人极热情。她领着我们，用锄头在草莽中杀开一条路，几条乌梢蛇箭一般从地上掠过。然后，她指着前面一片沼泽地说，猕猴桃林子就在沼泽边上。果然，那里的猕猴桃又多又大，把柔软的枝条压得几乎及地。先是大大小小全部摘，后来拣大的摘，编织袋到底还是装不下，就往肚子里装。桃子尚青涩，得回去放米桶里捂几天，等软了再吃，才能显出它的妙味来。

天色已经向晚。太阳开始从乌金冲的主峰坠落，群山显现出梦呓的状态。打马下山，去山脚的小镇上找我的一位老友蹭酒喝。

刺莓

遇见刺莓，我想起一场童年的战争。

初夏的午后，我躺在一块旧门板上午睡，守着门外那一大片刺莓。小风把槐花的蜜香和薄荷的清凉送进我的鼻孔，几只大头黑蚂蚁轮番在我身上巡游，一只走错路的蚱蜢把我的额头当作了跳板。梦里，我正猫在刺莓丛中，边摘边吃，红到发乌的果汁顺着嘴角往下滴。我满足得笑出声来，像富可敌国的沈万三。童心毕竟是世间最容易得到满足的心。

刺莓是父亲栽的，不出三年，就已经茂密成一片林子了，那是父亲封赏给我和妹妹的小国。每年五月初，林子里就开满了团团簇簇白色的花，后来，就结满了小面包一样青青的刺莓果。明明知道这时候的刺莓既涩且硬，自花谢后，每天还是忍不住要摘下几颗扔进嘴里。刺莓从青到红，再到乌紫，不过十来天，等待却把时间拉得土路一样绵长。那些日子，我和妹妹的眼睛长在林子里，贼亮贼亮的，一则是刺莓酸甜的诱惑，二则是防止有人来偷袭。

只要留心寻找，五六月间的山野里到处都有野生的刺莓。只是那时的孩子们能把肚皮填饱就不错了，当然没有任何零嘴可吃，所以嘴特馋，那野外的刺莓总是等不到红，就被一天几趟巡山的孩子们搜食一空。村里那一大帮孩子，正瞪着饿狼一样的灯笼绿眼，伺机抢掠我和妹妹的这一大片刺莓。他们身上散发的那种妒忌的、敌意的、强盗的、野兽的气味，我睡着了都能闻得到。总有一天他们会采取行动的，我知道。

大规模有计划的抢掠就发生在这个午后。在梦中，我听见一阵刻意掩饰的嘈杂的碎步声，然后又听见林子里刺藤发出的索索声，还有捂着嘴巴狂喜的嗬嗬声。大事不好！我一个激灵就彻底地清醒过来，睁开眼就看见一大群强盗正在林子里肆意采摘、吞咽我的宝贝刺莓。“小偷！强盗！不要脸！”我操起一根棍子嗷嗷叫着冲上去，准备跟他们拼命。但这群强盗很明显是有备而来，强盗头目二宝吹了一声口哨，他们立即从刺莓林里抄起了家什，并对我形成包抄围攻之势。战争打响了，好一场腥风血雨，我自然是寡不敌众，被打得头破血流。

父亲适时赶到，晴天霹雳一样断喝一声，所有强盗顿时吓得丢下武器，站在那里腿筛糠。父亲并没有骂他们，也没有安慰我，而是和颜悦色地跟这群强盗说：“大家喜欢吃，都去摘。劲松你也不要小气，你和妹妹两个人也吃不完那么多。”那天的收场，是我与强盗们化干戈为玉帛。其实本来我们就是一块儿玩的朋友，只是美食迷住了我们的心窍。

多年以后，我领着孩子去爬老家附近的山，路遇一丛红透了的刺莓，孩子欢天喜地又是采又是吃，眼睛笑得眯成一条线。我坐在草地上看，自然地想起童年时的那场战争，禁不住一个人笑出声来。孩子几乎是在蜜罐里长大的，吃过市面上能买到的任何水果，但刺莓这大自然的慷慨馈赠，仍然让他喜出望外，哪怕他的名牌新 T 恤衫被刺扯出了几个窟窿，哪怕他的小手被刺出点点血珠。

松

名字里有一棵松，家父所赐。有一个时期日夜临帖，落款时学方家法书，故意把松写成公木，书体仿北魏李璧碑。

松，木也，从木公声，这是许慎的注解。松为树木，自然是木旁，这个好理解，不好理解的是松树与公何相干？后来读闲书，见人援引王安石《字说》，临川先生这样阐释松字："松为百木之长，犹公也，故字从公。"《字说》自宋时遭禁后就湮没不传，当时评价也不高，《宋史》说其多穿凿附会，流于佛老之学。但这个松字解得很妙，比《说文》生动。古时帝王打下江山后，裂土分封荣宠功臣，亲王诸侯王以下，建五等之爵，公侯伯子男，公是上上爵。松为树中尊者，称公很合适。

以兰蕙为名者多温婉，以木石为名者多刚健，名字对于一个人是有暗示惕厉作用的。名松，复又修饰一个劲字，于是自识事时起，尤其是读了陈毅那首写青松的名诗之后，就下意识里以松自励，站坐行走时刻腰板挺直如岭上松，如有神鬼暗中监察，丝毫也不敢蔫头耷脑。《礼记》说："（礼器）其在人也，如竹箭之有筠也，如松柏之有心也。二者居天下之大端矣，故贯四时而不改柯易叶。"松有盛德，含章藏美，平庸如我自然不敢以松自居，不改柯易叶却是区区之志也。

吾乡在大别山中，林海苍苍莽莽不知际涯，海中多松树。世间松树种类繁多，《山海经》《酉阳杂俎》《海内十洲记》《太平广记》诸书中记载的奇异松树不算，今世实有其树的有八十余种，吾乡得其五六。最常见的是黑松和马尾松，间有少量雪松、黄山松和罗汉松，还有世所稀见的大别山五针松。后者属高山高寒树种，其叶五针一束，松针细短柔软，植物学家当年在大别山区考察时，于鹞落坪国家级自然保护区首次发现并命名。

当年我做记者时，曾在保护区十里画廊里亲眼见过，高大披拂秀出众松间，烟岚霭霭中飘逸若仙客，当地乡民以红绸系于枝干，祭祀以牺牲茶饭，礼敬之如神祇。

黑松是林海的统治者，是名副其实的王。黑松一名白芽松，皮并不算黑，略带灰黑而已，芽也不白，翠绿如根根碧玉簪。乡人称黑松为枞树，其实枞树是冷杉，并不是黑松。

并不很远的从前，山民靠山吃山，建房子用的椽子桁条门窗天花板，打家具用的木板木档子木楔子，烧锅用的柴火，窨茯苓用的木段，制作锄头羊角叉犁耙耖用的木头，都取自于黑松。家家户户有一小片山场，茅草割得干干净净，松针耙得干干净净，松果捡得干干净净，松树的枝柯一直砍伐到树顶。

无电无煤更无燃气的年代，做饭烧水煮猪食都靠柴草，家家一年四季安排专人带着干粮上山打柴，户户厨房里卧着一尊泥墩子灶台。灶台黑漆漆胖乎乎的，井罐之上，画大红大绿莲花水草祥云图案，乡间瓦匠砌灶时，兼作画家，也兼作书法家，在灶坊上以隶书写“东厨司命灶王府君定福神君”十二个大字，讲究的还写一副对联。年年腊月二十三祭灶神，送其上天面圣，主妇跪着祷告，求其在天帝面前说自家好话。可是毕竟没有人见过灶王爷，想象中，这位真君如同永无餍足的貔貅。

村里有林场，白天有护林员巡逻看守，月黑风高的夜晚，每每有人去偷树，霍霍霍的锯木声清晰地传到村人的耳朵里。人人都偷就不算偷，偷的人安心伐木，听的人躺在被窝里会心一笑，各自心照不宣。偶尔村长酒后兴起，组织民兵和护林员，举着葵骨火把上山去捉贼。乡里乡亲的，也不是真心捉，大老远就大呼小叫，“哪个在偷树！”那时的人肚子多瘪，而脸皮多薄，偷树的人听到喊叫就赶紧跑。有人扛着一段最好的树择异路踉跄下山，有人丢了锯子和斧头，有人忘了擦汗的毛巾，也有人慌慌张张不幸崴了脚，一连许多天不敢出门。在芜湾外婆家，我曾和两个舅舅上山偷过一回树，去的是邻生产队的林场，是犯忌的事，如果被抓到，轻则罚款重则打断腿脚，不是闹着玩的，因而颇有些做贼的样子。

时过三十年，电和燃气替代了柴火，木工材料替代了木料，山中茅草荆棘高过人头，山中树木更是自由生长。不用看守，不用立禁碑，不用挂“死封山”的警告牌，除了户外爱好者，山，是无人肯光顾了，森林防火成了冬春两季的头等大事。终于把山还给了黑松，还给了鸟兽，还给了蟒蛇和昆虫，人纷纷涌进城市，把自然还给了自然。

总角时，故居西侧的山坡上有三棵粗壮的黑松。其中一棵尤为老寿蓬勃，荫地半亩有余，胸径几近一米，树皮有两寸厚，露在地表的树根粗过脸盆，树干自五米处一左一右水平分出两枝，一枝住着一窝喜鹊，一枝住着一巢乌鸦。每天一大清早，喜鹊喳喳乌鸦哇哇唤人起床，半刻钟后，祖父和父亲、小叔扛着锄头下了田地，母亲和婶娘抱着柴火进了厨房，两股浓浓的青烟从东西两头的烟囱里各自热腾腾地冒出来，然后在风中袅绕而散，空气中迷漫着松烟的芬香。所谓烟火人间，有火有烟，才是大好人间。

前几天去了旌德，宣砚的故乡，在那里也见到了绩溪的徽墨。古人以松烟制墨，烟汽化后凝固成烟炱，添麝香梅片公丁香之类的香料，加金箔银箔珍珠粉之类的助光剂，反复锤打砸实而成墨，谓之松烟墨。《洞天墨录》说：“古墨惟以松烟为之。”松烟墨其坚如玉，其纹如犀，以松烟墨写字，屠隆赞其“深重而不姿媚”。我未见过制墨的场面，猜想刮出烟囱里的烟炱，置于砚台中，加水研磨，应当也可以写字。

屋后是菜园，菜园后边是一大片黑松林，黑松林里的树其时还是少年，密密麻麻而修长。大人说这片林子是飞机播种的，那些年也确实经常望见飞机掠山而飞广撒树种。农家的孩子自小就不得闲，五六岁时放牛打猪草，拎着竹篮捡松果，扛着竹篼子耙松针，稍大，上山用弯刀和锄头砍柴挖树桩，屋后的黑松林是常去的地方。读书时代，每日清晨坐在松针和苔藓上，在山鸟的鸣叫声中朗读背诵，背后是父母亲人灼灼的望眼。时常看见松鼠在林间轻手轻脚地奔跑攀爬或捧松果板栗顾盼而食，看见大红蜈蚣从腐败的枝叶里慵懒地爬出来，看见交尾后的螳螂母的吃了公的地上一堆堆绿翅膀。

东北松有饱满的松子，其地的貂和松鼠以松子为食，长得油光水亮体态肥硕。黑松的松果呈球状，松子干瘪带薄翅，如蝉翼，至今仍然想不明白，如此薄瘦的松子，为何也能养出胖嘟嘟的松鼠。一方水土不仅养一方人，也养一方风物。见过松鼠打开尾伞，从树端飘然而下，如观世音携玉净瓶降临凡世，很有些仙气，很有些雍容华贵。

乡人以黑松为柴，为材，得其用；丹青家以黑松为意兴，为寄概，得其神。中国山水画，大抵少不了飞瀑流泉，少不了草屋隐士，少不了闲云野鹤，少不了数棵黑松。王蒙《葛稚川移居图》《青卞隐居图》《夏山高隐图》《丹山瀛海图》《太白山图》画松，马远《西园雅集图》《踏歌图》写松，李唐《万壑松风图》《清溪渔隐图》《烟寺松风》松风习习，赵孟頫《鹊华秋色图》、沈周《夜坐图》、文徵明《雨余春树图》松涛过耳。文人画里的松，新枝含春泽，枯枝同秋色，槎牙鳞皴，嶙峋骨相，纵横笔意写尽其傲云烟之姿容，凌风雨之雅量。画里的松，是松，亦非松，旨在载情载意载道。

说到松涛，幼时夜间听见，忽忽如野兽喘息，不觉得有多动听。不听话的时候，父母每每皱眉作势道，再犟，再犟就把你关到门外去喂狼。吓唬而已，并不真做，但乡间确有被撵到门外的孩童被野兽吃得只剩下骨头。风摇松摆，松林黑咕隆咚，似有众兽埋伏群鬼游走，是很可畏怖的场景。八九岁的一个深秋，父母上自留山伐松枝，放学后去帮忙，夜间七八点，我拖着一根树杪子独自往家走，经过坟场，经过黑松林，树间猫头鹰的眼睛比道士画的牛头马面更为可怖，它的叫声更叫人魂飞魄散。待得读了些经史子集，染了些文人风习，再躺在林中倾听松风，竟能听到雨声，听到山神与月神的密语，听到一些风情和风致。

有几年喜欢去妙道山，山中多古松，多奇峰怪石，多奔云走雾，多和尚道士塔。月明之夜，独坐山中小亭，听阵阵松涛，以为得松风至味，得人间清趣。松涛是风涛，也是雨意，有时如夏雨，急急如律令；有时如秋雨，淅淅沥沥涨河川；有时如心雨低诉，一滴两滴三五滴，滴滴都是听松者的心事。和尚也许成佛了吧，道士也许尸解而去，裸露在山坡上的棺椁里，盛满了雨水、枯叶和昆虫的遗体。山中有古寺名金璧禅寺，寺中古松蟠虬欲附云汉，静穆如高僧大德。山的巅峰，有一棵松已经枯死许多年，峭壁之上仍然屹立不倒，铮铮树骨如白铁，拂之圆润如玉佩。似周郎娶小乔般年纪时，我曾以它为背景拍过一张照片，松风中眯眼开怀笑，发丝飞扬，少年意气可驾云，如今见了，生羡慕心。

又年年去禅宗圣山司空山下的冶溪小镇，镇子上有古树两千余株，其中一棵罗汉松至少已有千岁年纪，腰围须三人合抱，树表沟沟壑壑如绺绺麻绳，树上寄生植物十数种，老皮苍藓，古气森森然，对之肃然起敬惮心。《史记·龟策列传》说：“千岁之松，下有茯苓，上有兔丝。”松长生，叶常青，有劲健之美阳刚之气，又兼枝如游龙叶如翔凤，旧时人家，常在中堂墙上挂《松鹤延年图》，取长寿吉祥之意。吾家故居就有之。

县城花果山东麓有一个盆景园，园中有杜鹃，有构骨冬青，有松。将近六年来，早晚散步时常绕道去看。园子没有围墙，也从未遇见过园子的主人，唯有几只土狗懒散行卧其间，见人太多，低眉顺眼的，不吠。龚自珍写《病梅馆记》，说“梅以曲为美，直则无姿；以欹为美，正则无景；以疏为美，密则无态”。梅是逸士，松是君子，到了园艺师的手里，无非供人玩赏的盆中之景，施以斧斤刀锯，病之以为美。园中黑松马尾松罗汉松数十棵，参差百态俊媚百端，当是百丈悬崖中得来。剩下的，铁丝错综缠绕，一些枝干故意截断，还有一些剥去了树皮，看着都感到痛。想起姜夔的词，“树犹如此”。

现在是四月上旬，春色已然七八分，山里的松树陆续开花了，峰峦沟壑间明黄富丽，如黄金国度。用手轻摇树枝，花粉如屑金飞扬，沾惹人的肌肤和衣裾，馥郁松香萦绕鼻息，深吸一口，其味清芳甘醇醒人脑肠。一场春雨过后，花粉堆积于城乡无数水凼的边沿，渐渐风干成万国地图，每次路过都绕着走。佳人不可唐突，天物也不可唐突。

松花一名松黄，取其色，又名松笔头，取其形。松花酿酒春水煎茶，张可久谓之春日山居两件赏心之乐事。春水煎的明前茶雨前茶年年都喝，松花酒至今也没有品尝过，想必甘洌有松花之香。见过一款松花酒的制法：采撷四五月间马尾松、赤松、黑松或油松的雄球花，晒干，搓下花粉，除去杂质，然后用素绢包裹，与酒一同放入器皿，密封浸泡十天即成。配方比是松花粉每一百克，配陈酒一千克。酿制工艺似乎并不复杂，他年若有闲情，不妨一试。

松花是一味药，性温，能益气润心肺，富硒。《本草纲目》说，掺和白砂糖，可作饼膏。《本草图经》又说松花可以做汤，“山人及时拂取，作汤点之甚佳。但不堪停久，故鲜用寄远”。

松花汤未见过，松花饼也未吃过，少时去山上采春茶，倒是吃过松毛糖。秋燥少雨时，松针在夜间会分泌出糖粒，粘于松针上，大者如蚕豆，小者若芝麻，甘甜有松香，色乳白，垂悬若露滴。

草木有情，松亦有泪。松树被砍伤后，会迅速分泌出松脂，弥合伤处，松脂凝然挂树上，观之如川字，如女子腮边珠泪泫然。

祖父的坟茔就在故居屋后一面向阳的山坡上，也就是黑松林的边缘，墓碑上的对联引自《千字文》：“如松之盛，似兰斯馨。”

幽人耽茗饮

张岱这个人，我是越来越喜欢了。从前读《陶庵梦忆》《西湖梦寻》《琅嬛文集》，不觉得有多好，山中高士晶莹雪，不俗罢了。如今马齿渐长，闲夜里再次执卷在手，才渐渐咂摸出了一些味道。就像品茶，由年少时的老牛轰饮，到而今才渐次品出些茶之味、茶之质、茶之气。读古人书，也是需要年纪的。张岱的文字，其实就是一盏盏张氏自创的兰雪茶，氤氲纸上，“如百茎素兰同雪涛并泻也”。

世乱多英豪，也多名士，晚明绚烂的人文天空中，闪烁着一大批不愿摧眉折腰事新朝的隐逸名士，张岱显然是其中最耀眼的一颗。张岱字宗子，因人称其石公，于是又字石公，号陶庵，明末清初山阴（今绍兴）人。其生平颇类贾宝玉，生于显赫的仕宦之家，长于莺莺燕燕群中，饱受经史子集熏陶，又兼见多识广聪明颖悟，学问自然是十分淹博，行为自然是放荡佻达。又负才俊名，著作除以上三种，还有《石匮书》《张氏家谱》《义烈传》《明易》《大易用》《史阙》《四书遇》《说铃》《昌谷解》《快园道古》《傒囊十集》《一卷冰雪文》诸种，可谓宏富，只可惜这些作品大多失传。《清史稿·遗逸传》不载张岱，实是一大憾事。

若不是陡遭山河变故，张岱无疑是能安做一世富家老才子的，一如与他差不多时代的袁枚。但河山易帜，身遭乱象，国破家亡，他突然间由飘飘佳公子，沦落成了衣食无着的山中野人。读其《自为墓志铭》，聆其“梦幻、隔世”语，几多感慨系之。

身家的不幸却让张岱的文章如入炼丹药炉猛烧，于清逸名士气外，注入了沧桑遗臣气，有了文的幻化，量的勃发，质的飞跃，思的精进。他避居山野后，以前明遗民自居时的文字，篇篇可换一座城池。因为生在茶乡幼染茶癖的缘故，我特别注意张岱关于茶的著作。不读则已，一读惊为天人：陆羽之后，可称“茶圣”者，恐怕要首推张岱。

清初草泽多遗贤，众多有气节的士大夫和在野高士，誓死效忠前朝，宁愿避居高山幽谷消极反抗，也不肯为外族统治者卖命。耕种田园乡野，回忆烟然旧梦，发愤读书写作，也就成了他们的名士加遗老生活的常态。境况好的，依然有酒可饮，有茶可品，有美食可食，有温香在抱，如冒辟疆。穷困潦倒如张岱的，就只好在寒梦中重温从前的纨绔好时光了。以饮茶为雅事，实在是那时的社会风气，缙绅、名士、遗老、读书种子、达官、商贾诸般人等，哪一个不是茶客呢？那时的文人又有哪一个不写饮茶文章呢？可是这些茶客在张岱面前，统统不过是混沌俗物。张岱之爱茶、识茶、鉴茶，已经臻于穹苍化境。

张岱六十九岁时效仿前人王无功、陶渊明、徐文长自作墓志铭。起首就坦率历数平生所好，如好美婢、娈童、鲜衣、美食、骏马、华灯、烟火、梨园、鼓吹、古董、花鸟之类，凡富家子弟诸般德性，几乎无一不沾也无一不精。又说自己好“茶淫橘虐”，“博弈樗蒲，则不知胜负；啜茶尝水，则能辨渑淄”。所谓“茶淫”，是指在茶中浸淫极深。其《斗茶檄》又说自己有“水淫茶癖”。这里的“淫”意为滥、多，同时也有洁癖的意思，如米颠生性好洁世号“水淫”一般。

陆羽《茶经》细析茶之源、具、造、器、煮、饮、事、出、略、图，张岱在饮茶、制茶、鉴水、识茶、茶史研究等方面，比陆氏恐怕是有过之而无不及，至少也可等量齐观。张岱落魄之后所著《陶庵梦忆》一书，就有《禊泉》《兰雪茶》《阳和泉》

《闵老子茶》《露兄》等多篇文章专写茶与水，其他篇章茶字也十分常见。读他这些关于茶的著作，我辈只知茶以浓、以热、以满为佳的俗人，不能不望之而兴叹。

《兰雪茶》一篇，张岱说绍兴日铸茶（又作日注茶、日铸雪芽）“茶味棱棱，有金石之气”。《禊泉》又说，山阴斑竹庵禊泉之水，“取水啜之，磷磷有圭角。”圭角，即棱角。古来评茶、评泉文字多矣，从未见人说过茶有金石气，也从未听人说过水竟有有棱、无棱之分，非个中圣手，怎能识得?

古代有高人能辨煮茶所用泉水的好坏，所谓能够“水辨淄渑”（淄渑略同泾渭，原是山东境内名为淄水、渑水的两条河），但这样的高人也只是传说而已。张岱却轻描淡写地说：“昔日水辨淄、渑，侈为异事。诸水到口，实实易辨，何待易牙？”张岱绝不是夸夸其谈，有《闵老子茶》一文为证。

明崇祯十一年（1638）九月，嗜茶如命的张岱来到留都南京，专门去拜访幽居桃叶渡的茶道闻人闵汶水。到了桃叶渡，闵汶水不在家，张岱于是恭候其门。黄昏时闵汶水终于回来了，一婆娑老翁尔，见到张岱，很不在意，以为不过是个庸俗茶客，找了个“拐杖丢了要去寻”的理由拒绝接待。径自去了两个小时，返回时见张岱仍在家门前苦苦候着，只为畅饮一番他煮的茶。被其诚意感动，闵汶水这才烧水煮茶，并领张岱鉴赏他收藏的茶器。茶来了，香气逼人，张岱大赞绝妙，问闵汶水这茶的产地。闵汶水骗他说是“阆苑茶”。张岱再品一口，说：“老人家别骗我了，这茶是阆苑的制法，味却不像。与罗岕茶何其相似。”闵汶水大惊，连称“奇！奇！”张岱又问：“煮茶用的是什么水？”闵汶水说是“惠泉”。张岱说不是并详举理由，闵汶水又赞“奇！奇！”张岱又能饮茶而知其是春茶、秋茶，惹得茶名远播的闵汶水对他崇拜得五体投地，说：“老夫活了七十岁了，见过的精于茶道鉴赏的人，无人可以和先生相比。”

《闵老子茶》这篇文章极生动细微地重现了张岱桃叶渡问茶的场面，读来不禁咋舌：张宗子难道是茶树精变的，否则怎么能如此精准地辨别茶叶产地、煮茶水源、春茶秋茶？

张岱不单是“一饮涤昏寐”的品茶高人，也是创制名茶的个中作手。他在古徽州名茶松萝茶的基础上，采用扚法、掐法、挪法、撒法、扇法、炒法、焙法、藏法，煮以禊泉之水，杂入茉莉花，精心创制出一种新茶。其香浓郁非常，其“色如竹箨方解、绿粉初匀，又如山窗初曙、透纸黎光”。把茶倒入清妃白瓷器，就像雪涛翻滚。于是张岱将其命名为“兰雪茶”。四五年之后，这兰雪茶风靡于市，闽越之人弃松萝茶而饮兰雪，松萝茶因此身价大跌。足见张岱制茶技艺之高妙。

爱喝茶的人对泡茶的水都很挑剔，但古往今来，像张岱那样识水、敬水的却极罕见。张岱评论斑竹庵禊泉之水，说：“走看其色，如秋月霜空，噀天为白；又如轻岚出岫，缭松迷石，淡淡欲散。”想起冒辟疆《影梅庵忆语》评陈圆圆姿容，有“其人淡而韵，盈盈冉冉，衣椒茧时，背顾湘裙，真如孤鸾之在烟雾。如云出岫，如珠在盘，令人欲仙欲死”之语，张岱哪里是在写禊泉水色，分明是在写他心中的绝代佳人，不，他对上好泉水的深爱，远过于他的爱美婢。

又《阳和泉》中，张岱细述绍兴城南阳和泉水的由盛而衰，写他多次动手淘洗泉水，又多次遭寺僧毁坏。他于泉水，惺惺相惜；我读此文，也心有戚戚焉。夫子说“智者乐水”，张岱是也。观其一生行止，他自然也是乐山的仁者。

张岱曾为熟人新开的茶馆取名为“露兄茶馆”。露兄一语出自米芾的诗“饭白云留子，茶甘露有兄”。北宋庄绰《鸡肋编》说，米颠其人不仅行止荒怪，作文也狂怪得很。人家问他这两句诗中，“露兄”一词用的是什么典故，不料米芾却说：“就是甘露哥哥罢了。”一个人痴到称甘露为兄的地步，足见其胸次与风致。张岱在《斗茶檄》中说饮茶：“一壶挥麈，用畅清谈；半榻焚香，共期白醉。”诚名士语、茶癫语也。张岱对于茶的痴绝，何亚于米芾？

据传张岱还写过一部《茶史》，只惜早已淹没不传。以他的见识，估计不比《茶经》差。

秦观有《茶臼》诗云：“幽人耽茗饮，刳木事捣撞。”我直接取前一句做了文章的题目。张岱曾经说过：“人无癖不可与交，以其无深情也；人无疵不可与交，以其无真气也。”读宗子文章，茶痴张岱果然是真人、痴人、癖人、幽人、深情人，是真名士。